KB000794

기묘한 러브레터

RUBIN NO TSUBO GA WARETA

Copyright © Kahoru Yadono 2017

All rights reserved.

Korean translation rights arranged with SHINCHOSHA Publishing Co., Ltd. Tokyo through Japan UNI Agency, Inc., Tokyo and Korea Copyright Center, Inc., Seoul.

이 책의 한국어판 저작권은 (주)한국저작권센터(KCC)를 통해
SHINCHOSHA Publishing Co., Ltd.사와의 독점 계약으로 (주)다산북스에 있습니다.
저작권법에 의해 한국 내에서 보호를 받는 저작물이므로 무단전재와 무단복제를 금합니다.

기묘한 러브레터
야도노 카호루 소설
김소연 옮김
突然のメッセージに驚いたと思います。。。
다산책방

메시지가 도착했습니다

유키 미호코 님

갑작스러운 메시지에 놀라셨을 줄 압니다. 결례를 용서하십시오.

일이 끝나고 평소처럼 별생각 없이 페이스북의 가부키 페이지를 보고 있는데, 미호코라는 이름을 발견했습니다.

요즘 가부키에 흥미가 좀 생겨서, 페이지 몇 개를 체크하는 게 습관이 되었거든요.

그건 그렇고, 미호코라는 이름은 흔히 있을 것 같으면서도 실제로는 흔하지 않은 이름입니다. 동시에 제게는 잊을 수 없는 이름이지요. 금방 당신을 연상했지만, 성이 달라서 처음에는 당신일 거라고 생각하지 않았습니다. 당신이 결혼했다는 건 알고 있었지만, 그때 들은 성과는 달랐으니까요.

당신의 프로필 페이지를 살펴본 데 특별히 의미는

없습니다. 당신이었으면 좋겠다는 기대는 없었어요. 아니, 그건 거짓말일지도 모르겠네요. 그런 기분이 전혀 없었다면, 일부러 프로필 페이지를 열어보지는 않았을 테니까요. 어쩌면 마음 어딘가에 당신이면 좋겠다는 생각이 있었을지도 모릅니다. 하지만 그걸 진심으로 바랐던 건 아닙니다.

당신의 프로필 페이지에는 경력이나 주소 등 개인을 특정할 수 있는 정보는 아무것도 적혀 있지 않았습니다. '유키 미호코'라는 이름뿐이었지요. 그래도 뭔가 단서가 될 만한 게 없을까 싶어, 친구 페이지를 보았습니다.

이렇게 쓰고 있자니 당신이면 좋겠다고 꽤 진지하게 생각하고 있었던 게 분명하네요. '무심코 말할 때는 참말이 나오는 법'이라고 하더니 말입니다.

친구들 중에 눈에 익은 이름을 발견했습니다. 연극부였고 당신과 같은 학년이었던 세야마 에미 씨였어요. 세야마는 흔하지 않은 성이니, 우연의 일치라고는 생각되지 않았습니다. 물론 결혼 전 성 그대로라면 말이지요.

그래서 혹시나 싶어, 정말 실례지만 당신의 과거 댓글을 찾아보았습니다. 하지만 거기에도 당신이라고 특정할 수 있을 만한 내용은 없더군요. 다만 친구의 댓글을 읽다 보니, 역시 당신일지도 모른다는 생각이 들기 시작했습니다.

결정적인 단서는 당신의 친구 중 한 명이 올린 교토 여행 사진이었습니다. 사진 속에는 네 명의 여성이 찍혀 있었는데, 사진을 올리신 분이 프라이버시를 고려해서 자신 이외의 얼굴은 흐리게 처리하셨더군요. 하지만 저는 그 사진에 있는 넷 중 한 명, 파란색 원피스를 입은 여성의 목에 걸린 목걸이에 시선이 갔습니다.

해상도가 좋지 않아서 확실하게는 알 수 없었지만, 전에 당신이 늘 하고 다니던 티파니 목걸이와 비슷하다고 생각했지요. 그 순간, 이 여자가 당신인 걸 직감했습니다.

30년 가까이나 만나지 못했는데 왜 그런 직감이 들었느냐고 말씀하실지도 모르겠지만, 스스로도 설명을 할 수가 없네요. 사진 속 여성은 제가 아는 당신보다 야위었습니다. 머리카락도 짧았고요. 하지만 손가락 모양이 당신인 것 같은 기분이 들었습니다. 왼손에 낀 결혼반지가 보이더군요.

그 사진을 몇 번이나 보고 있었더니, 사진 속 창유리에 네 명의 여성이 흐릿하게 비치는 것을 깨달았습니다. 친구분을 탓하지 말아주십시오. 그런 걸 알아채는 제가 이상한 거니까요. 창유리에 비치는 모습 같은 건 보통은 알아채지 못하지요. 하지만 창유리에 비친 얼굴은 작고, 게다가 흐릿하게밖에 보이지 않아서 얼굴을 판별하기는 매우 어려웠습니다.

저는 사진을 컴퓨터에 저장해서 크게 확대했습니다.

웃지 말아주십시오. 그때의 저는 미스터리에 열중하는 기분이었습니다. 남자에게는 몇 살이 되어도 그런 유치한 일면이 있는 법이지요. 사진 속 창유리에 비치는 수수께끼의 여성, 그 정체를 파헤치고 싶다, 그런 어린애 같은 생각 때문이었습니다. 확대한 사진을 본 순간, 저도 모르게 앗 하고 소리를 질렀습니다.

거기에는 28년 전에 죽은 당신의 얼굴이 있었으니까요.

저는 오랫동안 인터넷 같은 것과는 인연이 없는 삶을 살아왔습니다. 페이스북도 반년 전에 시작했습니다. 뭔가 목적이 있었던 건 아닙니다. 자유로운 시간을 주체할 수가 없었고, 달리 할 일이 없었기 때문이지요. 오랫동안 아무런 취미도 없이 살아온 제가, 시간을 때울 방법은 인터넷 정도밖에 없었습니다. 하지만 지금은 페이스북을 시작해서 진심으로 다행이라고 생각합니다.

당신을 놀라게 할 생각은 없었습니다.

다만 두 번 다시 만날 일이 없을 당신의 얼굴을 우연히 볼 수 있게 되니 (우연이라면서, 꽤 집요하게 보았지요) 너무나도 그리운 나머지 그만 이렇게 장문의 메시지를 보내게 되었습니다.

답신은 물론 없을 거라는 걸 알고 있습니다. 죽은 사람으로부터 답신이 올 리 없으니까요.

제가 사는 동네에는 이제 곧 벚꽃이 핍니다.

당신네 동네는 어떤가요?

미즈타니 가즈마

メッセージ 2

유키 미호코 님

전에 답신은 필요 없다고 해놓고, 실제로 답신이 없으니 조금 우울했습니다.

아니, 처음에는 아무렇지도 않았습니다. 오히려 답신이 오기라도 하면 곤란하겠다고 생각했을 정도였지요. 죽은 사람한테서 메시지가 온다면 정말 당혹스러울 테니까요.

죄송합니다. 제 마음대로 당신을 죽은 사람으로 만들어서—.

제 마음속의 당신은 29년 전 그날 죽었습니다. 그렇게라도 생각하지 않으면 그때의 괴로움에서 도망칠 수가 없었거든요. 그래서 그만 그런 말을 하고 말았습니다.

그건 그렇다 치고, 선명해진 사진 속에서 웃고 있는 당신의 모습을 보고, 제가 얼마나 놀랐을지 상상하실 수 있을까요. 이제 평생 만나지 못할 거라고 생각했던 당신을 만났으니까요. 그래서 스스로도 설명이 되지 않는 기분으로 메시지를 보내고 말았습니다. 물론 메시지에 쓴 것처럼, 답신은 전혀 기대하지 않았습니다.

하지만 벚꽃이 지고, 봄이 지나고, 여름이 오고, 이윽고 가을을 맞이하게 되니 왠지 쓸쓸한 기분이 들기 시작했습니다.

당신의 페이스북 페이지는 더 이상 보지 않을 생각이었지만, 일전에 그 결심을 깨고 결국 들여다보고 말았습니다.

거기에는 당신의 평범한 일상이 일기 투로 간소하게 적혀 있었습니다. 중학생인 따님이 있으시군요. 놀랐습니다.

지금은 그림을 그리시는군요. 하나같이 멋진 그림이라서 마음이 끌립니다. 제가 좋아하는 건 벤치에 앉아 빌딩가를 흐르는 강을 바라보고 있는 여자아이의 그림입니다. 아마 따님의 어린 시절 모습이 아닐까 하고 상상했습니다. 하늘의 푸른색과 하얀 빌딩이 비치는 수면도 아름답지만, 그걸 바라보는 귀여운 여자아이의 모습은 어딘가 환상적인 느낌마저 듭니다.

이 그림도 무단으로 다운로드하고, 크게 확대해서 프린트한 뒤 방에 장식해두었습니다. 낮에도 해가 잘 들지 않는 제 어두운 방 안에서, 그곳만 이상한 빛을 내뿜고 있습니다.

그건 그렇고, 당신이 그림에 재능이 있는 줄은 전혀 몰랐습니다. 대체 저는 당신의 무엇을 보고 있었던 걸까요. 그런 생각을 하면, 저는 당신을 정말로 사랑했던 걸까 의문이 듭니다. 내 멋대로의 사랑이 아니었을까 하고요.

당신과 처음 만났을 때의 일은 똑똑히 기억합니다. 당신은 갓 대학에 들어온 열여덟 살이었지요. 어떻게 기억하느냐 하면, 그해에 연극부에 입부한 여자애들 중에서 제일 세련되지 못한 애였기 때문입니다. 솔직하게 말하면 '촌스럽다'는 인상이었습니다. 죄송합니다, 이렇게 말해서. 하지만 나쁜 인상은 아니었어요. 오히려 호감을 느꼈을 정도입니다.

당신은 머리카락을 짧게 자르고, 화장도 전혀 하지 않았지요. 1학년이긴 하지만 맨얼굴이라니 의외였습니다. 3학년이나 4학년인 여자들과 비교하면, 어른들 사이에 아이가 섞여 있는 느낌이었습니다.

신입생 환영회에서 맥주를 반 컵 정도 마시고는 토해버렸던 일도 기억합니다. 미성년자한테 술을 먹이면 안 되지만, 당시에는 그런 일이 흔했지요. 어쩌면 지금도 그러려나요.

설마 그런 당신과 나중에 결혼하게 될 거라고는 꿈에도 생각하지 않았습니다. 아, 그만 쓸데없는 말을 하고 말았네요. 기분 나쁘게 생각하지 말아주십시오.

저는 지금 장애인이 모여 있는 시설에서 일하고 있습니다. 1년 전부터지요. 그전까지는 그런 시설이 있는 줄도 몰랐습니다.

장애가 있는 사람들을 보고 있으면, 인생은 얼마나 불공평한가 하는 생각이 듭니다. 돈이 많은 집에서 부족한 것 하나 없이 태어나는 사람도 있는가 하면, 제대로 움직이지도 못하는 몸으로 태어나는 사람도 있으니까요. 아니, 몸의 장애는 빈부와는 상관이 없는 법입니다. 게다가 장애는 돈으로 어떻게 할 수도 없고요.

제가 일하는 곳은 중증 장애인들이 머무는 시설입니다. 장애의 종류는 여러 가지입니다. 그들은 큰 핸디캡을 짊어지고도 열심히 살고 있습니다. 저는 그런 사람들을 열심히 돕고 있지요.

결코 편한 일은 아니지만, 보람도 있고 즐겁습니다. 저는 이 일에 기쁨과 긍지를 느끼고 있어요. 좀 더 젊을 때 이 일을 만났다면, 제 인생도 완전히 달라졌겠지요. 당신과의 관계도 달랐을지 모릅니다. 하지만 이제 와서 이런 말을 해봤자 아무런 의미도 없지요.

죄송합니다. 저도 모르게 제 이야기를 쓰고 말았네요. 당신에게는 전혀 흥미 없는 일일 텐데.

그저 제가 쓰고 싶은 말만 늘어놨으니, 답신은 필요 없습니다.

하지만 이렇게 1년 만에 당신에게 메시지를 보내는 이유는, 어쩌면 마음 어딘가에 당신에 대한 미련이 남아 있어서인지도 모르겠습니다. 제가 써놓고도 쓴웃음이 나네요. 쉰두 살이나 되어서, 이런 스스로가 한심합니다.

이제 그만 마치겠습니다. 항상 건강하시길 바랍니다.

환절기인데 감기 걸리지 않도록 조심하십시오.

미즈타니 가즈마

3 メッセージ

유키 미호코 님

안녕하세요.

처음으로 메시지를 보낸 후 세 번째 봄이 왔습니다.

따님도 고등학생이 되셨군요. 관악부에 들어가 클라리넷을 불고 있다고요. 음악은 멋지지요.

저는 악기라곤 하나도 다루지 못합니다. 실은 초등학생 때부터 피아노를 배웠지만, 중학생 때 부모님이 돌아가신 뒤로 한 번도 피아노를 치지 않았습니다. 아마 지금은 체르니도 못 칠 거예요.

앞으로는 메시지를 보내지 않겠다고 해놓고, 또 보내고 말았습니다. 하지만 2년에 세 통이니 너그럽게 봐주세요. 절대로 스토커는 아닙니다. 그러니 경찰에 신고하지는 말아주세요(웃음). 경찰은 무섭거든요.

일전에 태어나서 처음으로 건강검진을 하러 갔습니다. 그때 위에서 작은 암이 발견되었지요. 하지만 초기라서, 의사 선생님은 수술을 하면 나을 거라고 하셨습니다. 그래도 충격적이었던 건 틀림없습니다.

저도 이제 쉰세 살입니다. 언제 죽어도 이상하지는 않지요. 암 선고를 받은 날, 그때까지의 인생을 돌이켜 보았습니다. 그랬더니 갑자기 눈물이 멈추지 않더군요.

어리석은 인생이었다고 생각합니다. 다시 시작할 수 있다면 다시 시작하고 싶다, 진심으로 그렇게 생각했습니다. 그리고 다시 시작한다면, 당신과 올리려고 했던 결혼식 날부터 시작하고 싶습니다.

그날, 당신은 식장에 나타나지 않았습니다. 예식장 직원들이 초조해하는 가운데, 저는 당신의 아파트로 몇 번이나 전화를 걸었지만 신호음만이 허무하게 울릴 뿐이었습니다. 당신의 친구들도 짚이는 데가 있으면 모조리 연락을 취해주었는데, 누구 하나 연락이 된 사람은 없었습니다.

10년 정도는 내내 결혼식장의 악몽에 시달렸습니

다. 이상하게도 꿈속에서는 저와 당신의 입장이 바뀌어 있더군요. 식장에 숨어 있는 것은 당신이 아니라, 왠지 저입니다. 무서운 남자들 여럿이 저를 찾고 있는 가운데, 저는 복도 구석이나 책상 밑에 들어가 그저 숨을 죽이고 들키지 않기를 기도하고 있습니다. 만일 들키면 큰일이 날 거라는 공포 속에서 덜덜 떠는 꿈입니다. 그때 당신도 이런 기분이었을까요.

잠에서 깨면 대개 땀에 흠뻑 젖어 있고, 심장의 두근거림이 좀처럼 잦아들지 않습니다.

하지만 10년쯤 전부터 그런 꿈도 꾸지 않게 되었습니다. 제 안에서 이제야 오래전 이야기가 된 것이겠지요.

다만 당신이 실종된 이유만은 지금도 모르겠습니다.

결혼식 이틀 전에 만났을 때 (그게 당신을 본 마지막 날이었습니다) 당신은 몇 번이나 "결혼식까지 못 기다리겠어! 오늘 밤에 식을 올리고 싶어요" 하고 기쁜 듯이 말했습니다. 그 웃는 얼굴이 연기였다고는 도저히 생각되지 않습니다. 결혼식까지 남은 이틀 사이에 무슨 일이 있었던 것일까요.

3년 뒤, 풍문으로 당신이 간사이에서 결혼했다고 들었습니다. 남편의 이름은 제가 모르는 이름이었습니다.

생각해보면 제 인생은 전부 그때부터 이상해졌습니다.

죄송합니다. 부질없는 말을 하고 있다는 건 알아요. 이제 와서 뭘 어떻게 하고 싶다는 건 아닙니다. 다만, 문득 제 인생을 돌이켜보다 저도 모르게 이런 말을 해보았을 뿐입니다.

요즘은 학생 시절에 있었던 일을 자주 떠올립니다. 당시의 저는 연극에 열중해 있었습니다. 연극이 전부고, 연극만 있으면 아무것도 필요 없다고 생각했지요. 즐거운 나날이었습니다. 이제 두 번 다시 돌아오지 않을 나날이고요.

이번에야말로 마지막 메시지가 될 겁니다.

활짝 핀 벚꽃을 보며, 당신의 인생이 행복하기를 기도하겠습니다.

미즈타니 가즈마

추신: 이전 계정(이라고 하던가요)을 지우고 새 계정으로 다시 등록했지만, 특별히 의미는 없습니다.

4
メッセージ

미즈타니 가즈마 님

미호코입니다. 오랜만이에요.

암이라니, 괜찮으세요? 걱정이 되네요.

몇 번이나 메시지를 받았는데도 답신을 하지 않아서, 정말 죄송합니다.

답신을 해야 한다고 생각하면서도 뭐라고 쓰면 좋을지 고민하다가 보내지 못하고 말았어요.

옛날부터 무슨 일에나 느린 것이 제 미숙한 점이지요.

다만 솔직히 말씀드리자면 보낸 사람이 정말로 미즈타니 씨가 맞을까 하는 생각도 있었어요.

어쩌면 누군가가 미즈타니 씨를 사칭하고 있는 건 아닐까 싶었거든요.

미즈타니 씨는 컴퓨터 같은 건 사용하지 않을 거라고 제멋대로 착각을 했어요.

죄송해요. 정말 무례한 말을 하고 있네요.

하지만 요전의 메시지를 보고 미즈타니 씨 본인이라는 걸 확신했어요.

결혼식 이틀 전에 만났을 때 제가 했던 말은, 저 외에는 미즈타니 씨밖에 모르니까요.

수술 날짜는 벌써 정해졌나요?

지금은 의료 기술이 많이 발전했으니 초기 위암이라면 살 수 있을 거라고, 알고 지내는 의사 선생님이 그러시더군요.

그러니까 괜찮을 거예요. 마음을 단단히 먹고 치료하세요.

미즈타니 씨는 강한 마음이 강한 분이시니, 그 점은 걱정되지 않아요.

대학 시절…… 그립네요. 저에게도 이제 아득히 먼

옛날 일이에요.

'촌스러운 애', 정말 맞는 말씀이에요. 저는 대학생 때 전혀 화장을 하지 않았어요. 주근깨도 있었고, 어느 모로 보나 시골 처녀였지요.

그때, 미즈타니 씨는 정말 빛났어요.

연극부 부장이었고, 아주 멋진 센스를 가진 연출가였으니까요.

미즈타니 씨가 쓰신 대본을 읽을 때, 저는 천재란 이런 사람을 말하는 거라고 생각했답니다.

우리 1학년 여자애들은 모두 미즈타니 부장을 동경의 눈빛으로 바라보았죠.

그건 단순한 동경이라기보다 연심에 가까운 것이었어요. 적어도 저에게는…….

하지만 연극이고 뭐고 아무것도 모르는 1학년이, 5학년인 부장을 짝사랑해봐야 소용없다는 건 분명했어요.

미즈타니 씨가 연극밖에 모르는 분이라는 건 보고

있으면 금방 알 수 있었어요.

그러니까 어린 여자애가 아무리 동경해도 어떻게 되지는 않으리라는 건 불을 보듯 뻔한 일이었지요.

게다가 미즈타니 씨한테는 약혼자가 있었고…….

지금은 가족이 없으신가요?

어쨌든 한시라도 빨리 몸이 회복되기를 기도할게요.

그리고 미즈타니 씨가 보신 목걸이는 오랫동안 서랍 깊숙한 곳에 잠들어 있었는데, 그날 친구와 교토 여행을 가기 직전에 무슨 생각이었는지 우연히 한번 걸어본 거였어요.

그런데 그 목걸이가 계기가 되어서 저를 알아보셨다고 하니, 뭔가 신기한 인연이 느껴지네요.

미호코

P. S. 유키라는 이름은 가명이에요. 지금의 이름은 미즈타니 씨가 모르는 이름이랍니다. 딱히 숨길 생각은 없지만, 굳이 말씀드릴 필요도 없을 것 같네요.

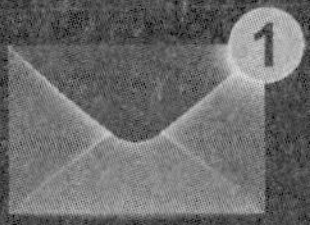

5 メッセージ

다시로 미호코 님

죄송하지만 지금까지 메시지가 온 걸 모르고 있었습니다.

일이 바빴던 데다, 입원해서 항암제를 투여받고 그 후에 수술을 하느라 페이스북에 오랫동안 들어와보지 못했거든요. 게다가 이상한 변명이겠지만, 설마 당신한테서 메시지가 올 거라고는 생각도 하지 않았습니다. 정신이 들어보니 장마가 지나고 여름이 오려고 하고 있네요.

제가 컴퓨터를 사용하지 않을 거라는 당신의 추측에 저도 모르게 쓴웃음을 지었습니다. 절반 이상 맞았기 때문이지요. 제가 컴퓨터를 쓰기 시작한 건 3년 전부터입니다. 그래요, 당신에게 메시지를 보내기 조금 전이지요.

처음으로 컴퓨터를 만졌을 때, 세상에 이런 굉장한

물건이 있었나 하고 놀랐습니다. 하하하, 요즘 이런 말을 하는 사람은 어디에도 없겠지요.

수술은 잘되었습니다. 위를 절반 가까이 절제했어요. 경과를 봐야겠지만, 5년 동안 재발하지 않으면 괜찮을 거라고 합니다.

제 가족은 열대어뿐입니다. 네온테트라와 블랙테트라를 키우고 있지요. 작지만 예쁜 물고기랍니다. 그리고 수조의 이끼를 없애기 위해서 생이라는 작은 새우를 넣었는데, 이게 의외로 귀엽답니다. 가끔 태블릿형 먹이를 주는데, 생이는 그걸 발견하고 누군가에게 빼앗기면 큰일이라는 듯 필사적으로 껴안습니다. 그 모습이 아주 웃기고 귀엽지요. 보고 있으면, 인간이나 새우나 비슷할지도 모르겠다는 생각이 듭니다. 다만 제가 죽고 나면 그 아이들을 보살펴줄 사람이 없어진다고 생각하니, 몹시 슬퍼집니다.

그보다 지금은 당신에게서 답신이 온 것이 무엇보

다도 기쁩니다.

남은 인생에 당신과 이렇게 대화할 수 있는 날이 다시 찾아올 거라고는 꿈에도 생각하지 않았거든요. 결코 과장이 아닙니다. 정말 진심으로 그렇게 생각했어요. 암이 재발한다 해도 여한이 없습니다.

수술 전날 밤, 병실 침대에서 제 뇌리에 떠오른 것은 과거의 일뿐이었어요. 후회가 차례차례 솟아났습니다. 가장 큰 후회는 당신과 함께 살지 못한 것이었지요. 제가 평생에 가장 사랑했던 여자인 당신—. 왜 함께 살지 못한 것일까. 왜 헤어져버리게 된 것일까.

수술이 끝난 지 두 달이 지났지만, 지금도 그 생각만 하고 있습니다.

연극부에 입부했을 때 당신이 저를 그렇게 보고 있었다니, 전혀 몰랐습니다. 그 후에 저와 사귀게 되고 나서도, 당신은 그런 말을 제게 한 번도 해주지 않았지요. 아니, 딱히 화가 난 건 아닙니다. 아마 지금이니까 말씀해주신 거겠지요. 30년이 지나서 처음으로 듣는 이야기라 몹시 신선하네요.

당신 말씀대로 그 무렵의 저는 연극밖에 몰랐습니다. 과장이 아니라 연극에 목숨을 걸고 있었어요. 연극에 지나치게 열중한 나머지 유급까지 했을 정도니까요. 당신을 만났을 때는 두 번째 4학년이었지만, 취직 준비는 안중에도 없었습니다. 머릿속은 가을 공연을 성공시켜야 한다는 각오로 가득했지요.

졸업하고 나서도 연극의 길로 나아갈 계획이었습니다. 연극부 동료들과 극단을 만들어서, 프로가 될 구상을 하고 있었습니다. 지금 생각하면 정말로 세상 물정을 몰랐지요. 정말이지 풋내기 어린애였습니다.

그랬기 때문에 신입생은 눈에 들어오지도 않았습니다. 게다가—당신이 말씀하신 것처럼, 제게는 약혼자가 있었고요.

하지만 저는 당신에게 호감을 갖고 있었습니다. 당신이 매주 주말에 요코하마의 양로원 등을 돌면서 자원봉사 활동을 하고 있다고 들었기 때문입니다. 그 사실을 모두에게 비밀로 하고 있다는 걸 알고, 더욱 멋지다고 생각했지요.

그걸 가르쳐준 사람은 당신과 같은 1학년의 다카오였습니다. 당신과 다카오는 요코하마의 고등학교 동급생이었지요.

실은 그때까지 당신이 주말 연습에 참가하지 않는 걸 좋지 않게 생각하는 부원들이 있었지만, 모두 그 사실을 알고 나서는 아무 말도 하지 않게 되었어요. 다만 당신이 누구에게도 알리고 싶어 하지 않는다고 다카오가 말해주었기 때문에, 부원들 사이에 그 이야기는 건드리지 말자는 암묵적 이해가 생겨났습니다. 그래서 아무도 당신을 칭찬하지 않았지요. 자원봉사 활동은 훌륭한 일이지만, 일부러 칭찬할 일도 아니니까요.

그렇다고 해도 열여덟 살의 여대생이 매주 양로원에 자원봉사를 하러 가다니, 좀처럼 할 수 있는 일이 아닙니다. 무엇보다, 미담이고 좋은 이야기라고는 생각했지만, 제가 그것 때문에 당신을 멋진 여자라고 생각했던 건 아닙니다. 인간적인 경의와 애정은 다르니까요. 게다가 몇 번이나 말했다시피 당시의 제 머릿속에는 연극밖에 없었습니다.

연극에 관해서, 당신의 일이 기억나는 것이 있습니다.

제가 1학년 여자 부원들의 과제 연기가 서투르다고 지적했을 때의 일입니다. 어떤 여자애가 대사를 제대로 외우지 못해서, 제가 좀 화를 냈습니다. 그러자 그 애는 갑자기 울음을 터뜨리고 말았습니다. 아마 귀여움을 받으며 자라서, 다른 사람에게 부정당한 적이 없었던 모양이지요. 사람들 앞에서 자신만 못한 것이 부끄러웠을지도 모릅니다. 그 마음을 이해 못 하는 건 아니지만, 저는 이런 지적 정도로 울어서야 이야기가 안 되겠다고, 내심 기가 막히는 기분이었습니다.

당신은 그녀 다음으로 그 과제를 연기했는데, 어이없게도 그녀보다 더 못했습니다. 대사는 다 틀렸고, 연기도 형편없었어요. 저는 조금 초조해져서, "올해 신입 여자애들은 제대로 된 사람이 없네"라고 저도 모르게 말하고 말았습니다. 당신은 완전히 풀이 죽었지만, 울지는 않았습니다.

하지만 나중에 3학년 남자 부원 중 한 사람이, 당신이 일부러 대사를 틀린 게 아닐까 하는 말을 했습니다. 전날 당신의 부탁을 받고 그 부분을 같이 연습했는데, 그때는 대사도 완벽했고 연기도 훌륭했다는 겁니다.

"그럼 실전에 약한 애 아닐까?"

제가 말했더니, 그는 아닌 것 같다고 했습니다.

당신보다 먼저 과제를 연기했다가 야단을 맞은 1학년 부원을 배려한 게 아니겠느냐는 겁니다. 저는 설마 그럴까 생각했지만, 나중에 같은 과제를 당신이 완벽하게 연기하는 것을 보고 어쩌면 그가 한 말이 맞았는지도 모르겠다고 생각했습니다.

동급생이 가질 마음의 부담을 덜어주고 싶어서 순간적으로 그런 일을 한 당신의 상냥한 마음씨에도 놀랐지만, 실은 그 이상으로 감탄한 부분은 당신의 '서툰 연극'이었습니다. 일부러 서툴게 하는 것처럼 보이지는 않았거든요. 당신의 연기는 정말로 생초보가 필사적으로 하는 것으로밖에 보이지 않았습니다. 그 점에서 일류 연기였지요.

모차르트의 곡 중에 「음악적 농담」이라는 디베르티멘토 같은 곡이 있습니다. 모차르트가 원숙기에 쓴 곡인데, 좀 색다른 곡입니다. 일부러 서툴게 작곡해서, 동시대의 이류 작곡가나 연주가를 야유한 곡이기 때문이지요. 하지만 그것은 일류의 실력을 가진 작곡가가 아니면 만들 수 없는 곡이에요. 당신의 서툰 연극에서, 문득 그 곡을 떠올렸습니다.

다만 인상에는 남았지만, 그 일 때문에 당신을 강하게 의식한 건 아닙니다.

그런 제가 당신을 사랑하게 되다니 운명의 장난일까요.

하지만 저는 당신과 맺어지지 못했습니다. 지금에 와서는 그래서 다행이라는 생각이 들어요.

장마가 끝난 파란 하늘이 눈부신 오늘입니다.

미즈타니 가즈마

추신: 유키라는 이름이 가명이라고 하셔서, 굳이 그리운 이름을 써보았습니다. 용서해주십시오.

6 メッセージ

미즈타니 가즈마 님

미즈타니 씨의 메시지를 읽을 때마다 이상한 기분이 들어요.

그리운 영화음악을 듣는 것 같은, 뭐라 말할 수 없는 향수가 느껴지거든요.

메시지이기 때문일까요?

실제로 옛 친구나 지인을 만나서 이야기하거나 전화로 이야기해도 이런 기분은 들지 않는데 말이에요.

메시지에는 영상도 소리도 없지요.

그런데도 읽고 있으면 30년이나 지난 당시 대학의 풍경, 동아리방의 모습, 연극부 부원들의 얼굴이나 목소리가 제 뇌리에 재현되는 거예요.

정말 이상한 일이에요.

오랜만에 그리운 이름으로 불린 탓도 있으려나요.

그러고 보니 미즈타니 부장님은 저를 '다시로'라고 부르곤 하셨지요.

미즈타니 씨의 메시지 때문에 먼 과거로 되돌아간 것 같은 기분이 들어요.

메시지에 이런 힘이 있으리라고는 생각도 하지 못했는데요.

아니면 미즈타니 씨한테 그런 힘이 있는 걸까요.

멋진 각본을 몇 편이나 쓰셨던 분이니까, 그런 힘이 메시지에까지 스며든 건지도 모르지요.

연극부 시절은 정말 멋진 시간이었어요.

지금도 잊을 수 없는 나날이고요.

저는 좋아하는 연극을 할 수 있다는 기쁨에 열중하고 있었죠.

게다가 존경하는 미즈타니 부장님에게 연기 지도를

받을 수 있어서 큰 기쁨을 느끼고 있었어요.

미즈타니 씨의 지도는 엄했어요.

서툰 연기를 지적받으면 정말 슬퍼서, 저도 모르게 눈물을 흘린 적도 몇 번이나 있었어요. 하지만 미즈타니 씨의 지도는 항상 옳았지요.

미즈타니 씨가 해주신 이야기는 기억에 없네요. 제가 그런 연기를 할 수 있을 리도 없으니, 아마 미즈타니 씨가 뭔가 착각하신 걸 거예요.

그건 그렇다 치고, 저도 한 가지 기억나는 걸 말씀드릴게요.

그건 제가 연극부에 들어간 지 얼마 안 되었을 때였어요. 아마 4월 말쯤, 연휴 직전이었던 걸로 기억해요.

신입생 환영회 뒤풀이 때였어요.

신주쿠의 술집에서 있었던 일이지요.

그날 뒤풀이는 매우 즐거웠어요.

선배들이 즉흥적으로 여러 영화나 드라마의 한 장면을 연기했는데, 그걸 또 놀랄 만큼 잘하셔서 감탄하기도 하고 깔깔 웃기도 하면서, 정말 멋진 선배들이라고 생각했어요.

연극부에 들어오길 잘했다고, 진심으로 기뻐했지요.

부장인 미즈타니 씨는 말은 별로 하지 않고 싱글벙글 웃으면서 부원들의 연기를 보고 있었어요.

저는 미즈타니 씨는 평상시에는 조용한 사람이구나, 하는 생각을 했지요.

사건이 일어난 건 두 시간쯤 지났을 때였을까요.

어느 대학인가의 학생이 여자 선배를 놀렸어요. 그래서 남자 선배들이 주의를 주다가 말다툼이 일어났지요.

미즈타니 씨는 마침 화장실에 가느라 자리를 비운 상황이었고요.

상대 대학생들은 격투기 비슷한 동아리 소속이라 몸집이 큰 남자들뿐이었어요. 인상이 별로 좋지 않았고, 술도 들어갔기 때문인지 꽤 난폭한 말을 하더군요.

아마 싸움에 익숙하기도 했는지, 남자 선배들을 큰 소리로 위협했어요.

이쪽에는 아무런 잘못도 없는데, 그들은 선배들에게 무릎 꿇고 사과하라고 했어요.

선배들이 우리 여자들 앞에서 그런 굴욕적인 일은 할 수 없다는 건 알고 있었어요. 하지만 그렇게 하지 않으면 얻어맞을 것 같은 분위기였지요.

그때 미즈타니 씨가 나타났어요.

사정을 들은 미즈타니 씨는 즉시 상대 학생들 앞에

무릎을 꿇었어요.

저는 미즈타니 씨가 조금도 망설이지 않아서 깜짝 놀랐답니다.

미즈타니 씨는 다른 남자 부원들에게도 무릎을 꿇으라고 했어요.

부원들은 부장이 스스로 무릎을 꿇은 걸 보고 묵묵히 따랐지요.

의외의 전개에 상대 대학생들은 맥이 빠진 것 같았지만, 그렇다고 그대로 끝내기에는 화가 났었나 봐요. 이번에는 우리 여자들에게, 사과의 뜻으로 술을 따르라고 했어요.

그때였지요. 미즈타니 씨는 갑자기 일어서더니, "그런 건 절대로 못 시켜!" 하며 갑자기 가게 벽을 맨손으로 후려쳤어요.

큰 소리가 나며 벽에 구멍이 뚫렸고요.

"내가 죽든지, 너희들이 죽든지, 목숨을 걸고 싸우고 싶은 놈은 덤벼!"

미즈타니 씨는 가게 전체에 울려 퍼질 것 같은 큰 소리로 그렇게 말하고는, 벽을 후려친 오른손을 내질렀어요.

손에서 피가 뚝뚝 떨어지는 게 보였어요.

상대 학생들도 그 기백에 눌렸는지 입을 다물어버렸지요.

그러고 나서 거북한 얼굴을 하고, 뭔가 변명 같은 말을 작은 목소리로 늘어놓으면서 가게를 나갔어요.

저는 감동으로 몸이 떨렸어요.

미즈타니 씨의 오른손에 흐르는 피를 손수건으로 닦아주고 싶다고 절실하게 생각했답니다.

실제로는 다른 여자들이 그렇게 했지만, 내가 대신하고 싶다! 고 생각했던 걸 지금도 기억하고 있어요.

이 이야기는 '미즈타니 부장의 전설' 중 하나로 오랫동안 인구에 회자된 이야기이고, 그날 거기에 있었던 부원들은 모두 부장님이 얼마나 굉장한지 목격했어요.

나중에 남자 부원들은 그거야말로 부장의 명연기라고 말했지만, 저는 그렇게 생각하지 않았어요.

여자 부원들의 긍지를 지키기 위해서, 정말로 목숨을 걸어도 좋다는 정도의 기백이 또렷하게 전해져 왔으니까요.

만일 그때 상대 학생들이 일제히 미즈타니 씨에게 덤벼들었다면, 상대의 숫자가 훨씬 많았으니까 졌을지도 몰라요.

하지만 어쩌면 상대 학생 중 한두 명은 정말로 죽었을지도 모른다고 생각해요.

그때의 미즈타니 씨에게는 그러한 무서움이 있었거든요.

굉장히 모순된 말이지만, 그러니까 혹시 연기였던 건 아닐까 하는 기분도 들어요. 아까는 남자 부원들의 말을 부정해놓고 이상하지요.

다만 미즈타니 씨라면 그 상황에서 그만큼 귀기 넘치는 연기를 할 정도의 힘이 있지 않았을까 하는 생각도 들거든요.

그게 미즈타니 씨의 진짜 분노였는지, 아니면 연기였는지, 실은 그 후에도 줄곧 신경이 쓰였어요.

하지만 제가 미즈타니 씨와 사귀게 되고 나서도, 끝내 물어볼 수가 없었어요.

왠지 물어서는 안 될 것 같은 기분이 들더라고요.

진짜 분노라도 멋있고, 반대로 그 자리에서 순간적으로 그런 연기를 할 수 있는 것도 아주 멋있다고 생각하니까요.

만일 물어보면 어느 한쪽의 신비는 사라질 것 같은

기분이 들어서 물어볼 용기가 나지 않았어요.

지금이라면 가르쳐주실 수 있을까요?

죄송해요, 지금 이 말은 잊어주세요. 역시 신비로 남겨둘게요.

미호코

メッセージ 7

미호코 님

아아, 그런 일이 있었지요.

잊고 있었던 건 아니지만 몇 년이나 떠올리지 않았던 일입니다. 그때의 제 행동이 연기였느냐 아니냐 하는 것 말이지요.

글쎄, 어땠을까요(웃음).

아니, 대답을 미루면서 즐기는 건 아닙니다. 실은 잘 기억이 나지 않아요. 부원들을 지켜야 한다는 마음이 무엇보다 강했던 건 확실합니다. 그래서 무릎을 꿇는 데에는 아무런 망설임도 없었지요. 하지만 여자 부원에게 작부 노릇을 시킬 수는 없었어요.

목숨을 걸고라도—라는 마음까지는 아니었을 것 같지만, 제가 두들겨 맞아서 여자 부원들의 명예를 지킬 수 있다면 괜찮다고 생각했습니다. 상대는 아마 격투기인지 뭔지를 하는 학생들이었을 거예요. 제대로 싸

워도 이길 수 있는 상대는 아니었습니다. 하지만 만일 상대가 겁먹게 할 수 있다면, 싸우지 않아도 될지 모른다고 순간적으로 생각했습니다. 그래서 벽을 힘껏 후려치며 고함을 쳤지요. 그래도 싸움이 벌어지면 끝까지 해볼 생각이기는 했습니다. 그러니까 제 '분노'는 진짜였지만, 벽을 후려치며 일갈한 건 실은 '연기'였지요. 부원들이 상상한 것은 양쪽 다 절반은 맞았다고 할 수 있겠네요.

제가 당신을 진심으로 의식하기 시작한 건 「루빈의 꽃병이 깨졌다」의 오디션 때였습니다.

「루빈의 꽃병이 깨졌다」는 제가 대본을 쓰고 연출을 했던 작품입니다. 가을 연극제 때 공연하기 위해서, 7월에 오디션을 열었지요.

전통적으로 우리 연극부는 신입 부원에게 단역밖에 주지 않습니다. 게다가 주연 몇 명은 이미 정해져 있었습니다. 그때 당신의 오디션이 어땠는지는 기억에 없어요. 단역은 대사도 적으니까, 특별히 인상에 남지 않았거나 아니면 제가 입회하지 않은 날 당신이 나왔을지도 모르지요.

「루빈의 꽃병이 깨졌다」의 조연급 오디션에서는 여주인공과 조연이 얽히는 장면이 과제로 주어졌습니다. 하지만 그날, 마침 여주인공 역할을 맡았던 고야마 노리코 씨가 집안 사정인지 뭔지 해서 그 자리에 없었습니다. 연출 보조를 맡았던 미야와키가 대신 와주었지만, 대사를 교과서처럼 딱딱하게 읽을 뿐이라서 장면을 객관적으로 볼 수가 없었어요.

미야와키는 연출에 매우 뛰어난 감각이 있었지만, 당신도 기억하겠지요, 말씨에 나고야 사투리가 남아 있어서 표준어를 쓰면 딱딱하게 줄줄 읽어버리니까요. 이때도 그랬습니다. 아무리 오디션이라지만, 이래서는 상대역도 연기하기 어렵겠다는 건 금방 알 수 있었지요.

그래서 저는 조연 오디션은 중지하고 나중에 하자고 했습니다. 그때 당신이 "저라도 괜찮으면 여주인공 역할을 해볼까요?"라고 말했습니다. 모두 놀랐지요.

제가 "대사를 외우고 있어?"라고 물으니 당신은 "네" 하고 대답했습니다.

그 장면은 꽤 길고 대사도 많았기 때문에, 정말일까 하는 생각이 들더군요. 미야와키는 "해달라고 하죠"라고 말했지만 저는 반대했습니다. 설령 대사를 외우고 있다 하더라도 표현이 서투르면 상대방도 연기하기 어려워서, 오디션이 제대로 이루어지지 않기 때문이지요.

실은 오디션을 중지하려고 한 데에는 또 다른 이유가 있었습니다. 그 장면은 이 연극에서 중요한 부분이라, 여주인공 역할을 맡은 고야마 씨의 연기도 한번 보고 싶었기 때문이었어요. 그래서 미야와키의 의견에 반대했는데, 당신은 "시켜주세요" 하고 다시 부탁했지요. "연극을 망칠 것 같으면 그 시점에 중지하셔도 괜잖아요"라면서.

늘 얌전하고 눈에 띄지 않는 당신이 강하게 요구해서 놀랐습니다. 주위에서도 그랬을 겁니다. 신입 부원이 이렇게 직접 의견을 말하는 모습을 호기심 가득한 얼굴로 바라보고 있었지요.

평소 같으면 그런 요구는 거절했을 텐데, 그때 당신이 일부러 서툰 연기를 한 게 아닐까 하고 말했던 후배의 이야기가 생각났습니다. 그래서 그걸 확인하는 의미에서도, 당신에게 여주인공 역할을 시켜보기로 했습니다.

그 후의 일은 굳이 쓸 필요도 없겠지요.

미야와키를 비롯해서 부원들은 모두 당신의 연기에 깜짝 놀랐습니다. 첫 번째로 오디션을 치른 부원은 도중에 대사를 잊어버렸을 정도였어요. 그게 누구였는지는 기억나지 않지만, 그녀가 대사를 잊어버렸다는 것은 똑똑히 기억하고 있습니다.

저는 당신의 연기에 완전히 매료되었습니다.

그래서 오디션이 끝난 뒤, 클라이맥스 장면을 당신에게 시켜보았지요.

그때 당신의 연기는—그걸 연기라고 한다면, 정말 완벽하다고 할 수 있는 것이었습니다. 결말에 다다랐을 때 여주인공이 오열하는 장면에서는, 보고 있던 부원들 중 몇 명도 저도 모르게 따라 울었을 정도였습니다.

끝난 순간, 제가 "브라보!" 하고 외쳤다더군요. 실은 잘 기억나지 않습니다. 나중에 부원들에게 들었지요. 제가 그렇게 흥분한 건 처음 보았다며, 부원들이 웃었거든요.

하지만 저를 더욱 놀라게 한 것은 그 후에 당신이 한 말이었습니다. 당신은 이렇게 말했습니다. "한 번 더 해보면 안 될까요?"라고.

"그럴 필요 없어. 훌륭한 연기였어."

제가 말하자 당신은 조금 어두운 얼굴을 하고 말했

습니다.

"납득이 가지 않는 연기가 한 군데 있었어요. 잘 못하겠어서—"

제가 "아니, 모든 연기가 훌륭했어. 어느 부분이 마음에 들지 않았던 거지?"라고 물었더니, 당신은 당장 대답하지 않았습니다.

저는 호기심으로 다시 한번 그 장면을 시켜보기로 했습니다.

당신은 아까와 똑같이 훌륭한 연기를 보여주었습니다. 그리고 이상하게도, 같이 연기하는 사람들이 전보다 더 좋은 연기를 보여주었어요. 엄청난 배우는 같이 연기하는 사람들까지 끌어올리는 힘이 있다는 건 경험으로 알고 있었지만, 그때가 바로 그랬습니다.

그런데 당신의 연기는 아까와 다르지 않았습니다. 저는 당신이 왜 다시 한번 하고 싶다고 말한 건지 알 수 없었어요. 하지만 주인공이 마지막 대사를 한 다음 당신의 연기를 보았을 때, 의자에서 펄쩍 뛰어오를 정도로 놀랐습니다.

"미안해요. 난 그런 여자예요."

대본에는, 여주인공이 연인에게 그렇게 말한 뒤, 눈물을 한 방울 흘린다고 되어 있었습니다.

하지만 당신은 눈물을 흘리지 않고, 그 반대로 남자에게서 얼굴을 돌리고는 희미하게 웃었습니다.

그래요, 당신은 각본가이자 연출가이기도 한 제 허락도 얻지 않고, 멋대로 연기를 바꾸었던 겁니다. 있을 수 없는 일이었어요.

"마지막 연기는 연출 지시에 적혀 있지 않은데—"

제가 그렇게 말하자, 당신은 꺼질 듯이 몸을 움츠렸습니다.

"죄송해요. 깜박했어요."

"멋대로 연기하면 안 돼."

저는 그렇게 말했지만, 사실 마음속에서는 필사적

으로 동요를 숨기고 있었습니다.

당신의 마지막 웃음에 충격을 받았기 때문이었습니다.

그 웃음에는, 그때까지 스토리의 분위기를 완전히 바꾸어버리는 무언가가 있었습니다. 운명에 희롱당하는 슬픈 여자였던 여주인공이, 그 웃음으로 일변해서 정체를 알 수 없는 여자로 바뀐 것입니다. 마치 만화경 속 상이 순식간에 다른 무늬로 변화하는 느낌이라고 하면 될까요. 아니, 그것만이 아니라, 그때까지의 이야기를 빙글 회전시켜버릴 정도의 위력을 가진 웃음이었습니다.

저는 당신이 웃은 건 실수가 아니라고 확신했습니다. 동시에, 이 애한테는 드라마를 움켜쥐는 천부적인 감각이 있다고 생각했어요.

저는 당신에게 주연을 시킬 생각이었습니다. 아니, 이제 주연은 당신밖에 생각할 수 없었어요.

하지만 부원 몇 명은 반대했지요. 가장 강하게 반대한 사람은 연출 보조인 미야와키였습니다. 그는 겨우 두 장면만으로 결정하는 건 너무 위험하다고 말했지만, 저는 당신의 연기력을 헤아리는 데 두 장면이면 충분하다고 생각했습니다. 그래서 미야와키가 그런 말을 하는 게 오히려 이상하게 생각될 정도였습니다.

미야와키에게 그렇게 말했더니, 그는 억지로 주인공을 변경하면 연극부 전체의 분위기를 무너뜨릴 수도 있다고 했습니다. 어느 모로 보나 배려를 중요하게 여기는 그다운 생각이었습니다.

연극부는 부의 성격상, 항상 충돌이 있었습니다. 강렬한 개성의 소유자가 많으니, 그건 어떤 의미로 당연한 일입니다. 당신이 입부하기 전에도 몇 번인가 큰 충돌이 있었어요. 가장 큰 충돌은 제가 부장이 될 때였습니다. 실은 유력한 부장 후보가 한 명 더 있었거든요. 야자와라는 남자였습니다. 저와는 연극에 대한 사고방식이 백팔십도 다른 사람이었습니다. 같은 연극을 두고도 연출 문제로 자주 다투었습니다. 그때마다 몸싸움 직전의 큰 말다툼도 몇 번이나 했고요.

그럴 때마다 중재해준 사람이 미야와키였습니다. 미야와키는 온화하고 부드러운 태도에, 당신도 알다시피 모든 사람에게서 '미야보살님'이라고 불렸을 정도의 사람입니다. 저도 야자와도, 미야와키가 사이에 끼어들면 더 이상 싸우지 않았습니다.

부장 선거에서 제가 이길 수 있었던 건 미야와키 덕분입니다. 제가 모르는 곳에서 부원들에게 제 연출이 얼마나 획기적이고 멋진지 이야기하고 다녀주었던 것입니다. 그걸 알게 된 건 선거가 끝난 뒤였지요. 제가 고맙다고 말했더니 미야와키는 "저는 아무것도 하지 않았어요"라고 웃으며 대답했습니다. 제가 계속 고맙다고 하니 미야와키는,

"잡담을 할 때 미즈타니 씨를 조금 칭찬한 걸 그렇

게 착각하셨던 게 아닐까요."

라고 말했습니다. 미야와키는 그런 사람이었습니다.

선거가 끝난 뒤, 야자와는 연극부를 그만두었지만 야자와 파로 보였던 부원들의 대부분은 연극부에 남았습니다. 그것도 미야와키의 사전 공작 덕분이었지요. 선거로 분열될 뻔했던 연극부를 그가 구해주었습니다.

그런 미야와키가 당신을 주연으로 발탁하는 데 크게 반대하니, 곤란해졌습니다.

그래서 더블 캐스팅으로 연극 전체를 연습해보기로 했습니다. 여주인공 자리를 건 대결이었습니다.

당신은 안 하겠다고 말했지만, 저는 부장의 명령이라며 억지로 시켰습니다. 여기까지 왔으면, 다른 방법은 없었습니다. 부 전체가 고야마 노리코 파와 다시로 미호코 파 둘로 나뉘어 있었기 때문입니다.

첫째 날은 당신, 둘째 날은 고야마 씨가 하기로 했습

니다. 고야마 씨를 나중으로 한 것은, 그 편이 고야마 씨에게 유리하기 때문이었습니다.

저는 당신에게 더욱 가혹한 요구를 했습니다. 당신도 기억하겠지만 전체 연습 때, 당신만 대본을 갖고 있지 못하게 했던 것입니다. 두 시간짜리 연극, 게다가 당신이 나오는 장면은 아주 많았어요. 아니, 모든 장면에 당신의 대사가 있었습니다. 연습다운 연습을 거의 하지 않은 단계에서, 대본 없이 연기하는 건 매우 힘든 일이었습니다. 미야와키조차도 너무하다고 말했을 정도였어요.

이렇게 이상한 긴장 속에서, 전체 연습이 이루어졌습니다.

당신은 두 시간이 넘는 연극에서 한 번도 대사를 틀리지 않았고, 한순간 기억이 날아가는 일도 없었습니다. 아니, 대사를 외우고 있다거나 그렇지 못하다거나 하는 차원이 아니었지요. 기억력 테스트와는 다르니까요.

과장된 표현을 해도 된다면, 당신의 연기는 신들린 것 같았습니다. 전에 몇 장면을 연기했을 때보다 훨씬 박력이 있었어요. 그 귀기 넘치는 연기에 부원들도 빨려 들어간 건지, 연습임에도 불구하고 다들 훌륭한 연기를 보여주었습니다.

마지막 장면이 끝난 순간, 모두 침묵했습니다. 망연해졌다는 표현이 딱 맞을 겁니다. 당신의 훌륭한 연기에 할 말을 잃은 거지요.

나중에 후배들에게 들었는데, 계속 연극을 보고 있던 고야마 노리코 씨의 얼굴이 창백해졌다고 합니다.

다음 날, 두 번째 전체 연습 시간이 되어도 고야마 씨는 연습장에 나타나지 않았습니다. 하숙집에 전화해 보아도 연락이 되지 않았어요. 초조하게 기다리고 있자니, 미야와키가 낮게 중얼거렸습니다.

"고야마 씨, 패배를 인정했네요—."

아무도 부정하지 않았습니다. 모두가 생각하고 있

던 말이었으니까요.

그 순간, 당신이 주연으로 결정되었습니다.

더 이상 아무도 이의를 제기하지 않았습니다. 전원이 당신을 축하해주었지요. 제일 먼저 당신에게 "주연 열심히 해"라고 말한 것은 미야와키였습니다. 저는 그때 비로소, 미야와키가 이 전체 연습을 기획했다는 걸 깨달았습니다.

그는 한 번의 오디션으로 결정하면 분명히 나중에 다툼이 일어날 것이고—그러니 전체를 통으로 시켜서, 그것도 고야마 씨와 공평한 조건으로 연기하게 해서 부원 모두를 납득시키는 방향으로 끌고 간 것입니다.

저는 또 미야와키에게 도움을 받았던 것이지요.

고야마 노리코 씨는 결국 연극부를 그만두었습니다. 3년도 넘게 함께해왔던 동료를 잃는 건 힘든 일이었지만, 어쩔 수 없었습니다. 저는 이 연극에 모든 걸 걸고 있었으니까요. 이 작품으로 인정을 받는다면 프로로 가는 길이 열릴 거라고 생각하고 있었습니다. 그만큼 자신 있는 작품이었어요.

죄송합니다. 너무 길게 쓰고 말았네요.

당신에게서 메시지를 받고 기쁜 나머지, 생각나는 대로 옛날 일을 주절대고 말았습니다. 이대로 쓰다 보면 멈출 수 없을 것 같네요. 이쯤에서 붓을 놓도록 하겠습니다. 말은 이렇게 해도 붓이 아니라 키보드지만요.

학생 시절에는 이런 물건으로 문장을 쓴다는 것은 상상도 하지 못했습니다. 좀처럼 익숙해지지 않아서, 이 정도 문장을 치는 데에도 일요일 하루를 전부 쓰고 말았습니다.

그건 그렇고 인터넷이라는 건 신기하네요. 서로 어디에 사는지도 모르는데, 이렇게 마음을 전할 수 있으니까요. 덧붙여 말하자면 저는 치바에 살고 있습니다.

미즈타니 가즈마

8

メッセージ

미즈타니 가즈마 님

미즈타니 씨가 보내주신 메시지를 읽고 있자니, 뭐라 말할 수 없는 기분이 들어요.

미즈타니 씨가 쓰신 이야기는 벌써 30년도 더 지난 옛날의 일이지요.

그건 분명히 제 이야기가 맞지만, 어딘가 제가 아닌 다른 사람의 이야기를 읽고 있는 것 같은 기분이에요.

그때 일은 제게도 잊을 수 없는 일이었어요.

미즈타니 씨는 저를 칭찬해주셨지만, 제게 연기의 재능 같은 건 없답니다.

다만 어릴 때부터 연기를 좋아해서, TV에서 본 드라마의 등장인물을 열심히 흉내 내곤 했지요.

가족들이 칭찬해주니까 신이 나서 더 열심히 했답니다.

연기에는 상대가 필요하지만, 어릴 때 저는 함께 연기할 사람이 없어서 혼자서 여러 역할을 하곤 했어요.

그때는 비디오 같은 것도 없었지요. 그래서 TV를 열심히 보면서, 모든 등장인물의 대사를 외웠어요.

30분 정도 되는 드라마를 혼자서 연기한 적도 있고요.

가족들은 "미호코는 천재 여배우야"라고 말했지만, 물론 진지하게 한 말은 아니었어요.

다만 제 입으로 말하기 좀 그렇긴 한데, 어떤 역할이 되려고 마음을 먹으면 마음만은 전혀 다른 인격으로 바뀌는 구석이 있었어요. 하지만 그건 연기를 잘하고 못하고와는 다른 이야기지요.

제가 여배우가 될 수는 없다는 건 잘 알고 있었어요. 얼굴은 평범하고, 키는 작고, 몸매가 좋은 것도 아니고요. 그래도 고등학생 때는 연극부 부장을 맡았답니다.

그래서 대학에 들어갔을 때도 망설임 없이 연극부

를 골랐지요.

하지만 미즈타니 씨를 만나고, 저는 충격을 받았어요. 이런 사람이 천재라는 거구나, 하고 생각했답니다.

제가 지금까지 해온 연극은 어린애 장난이었다고 생각했어요.

그래서 「루빈의 꽃병이 깨졌다」의 여주인공 역할로 발탁되었을 때는 엄청 무서웠어요.

완전 형편없으면 어떡하지, 하고요. 정말 덜덜 떨고 있었어요.

저 때문에 역할을 포기한 고야마 선배님께도 어떻게 사과드리면 좋을지 생각하고 있었고요.

무엇보다도 다른 부원들한테 어떻게 사과하면 좋을지—.

그러다 보니 공연까지 남은 석 달은 정말 밥이 목구멍

으로 넘어가지 않을 정도로 긴장된 나날이 이어졌어요.

대략 5킬로그램쯤 몸무게가 줄어서, 미즈타니 부장님이 "너무 말랐어. 이미지가 달라" 하고 화를 내시는 바람에 필사적으로 먹었는데, 그래도 3킬로밖에 돌아오지 않더라고요.

하지만 연습은 정말 즐거웠어요.

인생에서 그렇게 긴장감과 기쁨으로 가득 찬 나날은 없었어요.

연극 연습을 할 때뿐만 아니라 아파트에 혼자 있을 때도, 저는 늘 연극 속에 있었어요.

항상 연극 속의 쓰야마 요코가 되어 있었지요.

그 무렵, 같은 과 친구들도 미호코, 너 뭔가 이상하다, 하고 말하곤 했어요.

왜냐하면 저는 사생활에서도 완전히 요코가 되어서 이야기하고 있었거든요.

요코는 자유분방하고 연애를 좋아하는 여자지요.

그 탓인지 저는 그 무렵에 꽤 인기가 있었어요.

웃지 말아주세요. 스스로도 이상하게 생각하고 있으니까요.

실제로 그 무렵에는 남자와 자주 데이트를 했어요.

딱히 그 남자들이 좋았던 건 아니에요. 완전히 요코가 되어서, 요코의 눈으로 남자를 보고, 요코의 입으로 말하고 있었던 거죠.

하지만 공연이 끝나고 나니 원래의 인기 없는 저로 돌아왔답니다.

인기가 있었던 건 제가 아니라 요코였던 거지요. 다시 말해서 미즈타니 씨가 만들어낸 여자가 인기 있었던 거예요.

지금에 와서 생각해보면, 새삼 미즈타니 씨의 재능에 감복하게 되네요.

제가 좋아했던 건 미즈타니 씨였어요.

연극부에 들어갔을 때는 단순히 동경의 대상이었지만, 직접 연기 지도를 받고, 몇 번이나 연기 상담을 하면서 역할을 만들어나가다 보니 동경 이상의 감정이 되었지요.

저는 종종 생각하곤 했어요. 만일 내가 요코라면 미즈타니 씨를 사로잡을 수 있을까 하고.

하지만 미즈타니 씨 앞에서는 완전히 요코가 될 수 없었어요.

연기 연습을 할 때는 요코를 연기할 수 있어도, 연습을 떠나서 미즈타니 씨 앞에 나서면 있는 그대로의 제가 되어버리곤 했지요.

실은 저는 제 사랑을 포기하고 있었어요. 미즈타니 씨에게 약혼자가 있다는 이야기를 들었으니까요.

오늘의 저는 왠지 좀 이상하네요.

아까 와인을 너무 많이 마셔서일까요.

편지는 하룻밤 재워두었다가 보내는 게 좋다고들 하는데, 메시지도 마찬가지일까요?

만일 하룻밤이 지나서 내일 아침에 이걸 다시 읽는다면, 어쩌면 전부 삭제해버릴 것 같은 기분이 드네요.

오늘 밤에는 모처럼 그리운 학창 시절로 돌아갔으니, 큰맘 먹고 이대로 보내려고요.

미호코

9

メッセージ

미호코 님

답신 주셔서 고맙습니다.

당신이 공연 때까지 석 달을 그렇게 지내고 있었다는 건 처음 알았습니다. 이것도 사귈 때는 전혀 가르쳐주지 않았던 사실이네요.

하지만 저는 지금, 약간 감동하고 있습니다. 역시 당신은 타고난 배우였어요. 그리고 그걸 꿰뚫어본 저 자신의 안목을 칭찬해주고 싶은 기분도 듭니다(웃음). 연출가로서 더 이상의 행복은 없을 듯하네요.

체중 때문에 제가 화를 냈던가요? 그런 기억은 전혀 없지만 당신이 그렇게 말씀하신다면 맞겠지요. 늦었지만 사과드립니다.

공정한 대결을 통해 결정된 여주인공 역할이었지만, 부원들 전원이 진심으로 찬성했던 건 아니었습니다. 솔직히 말해서 몇 사람은 입 밖에는 내지 않았지만 불만을품고 있었지요. 그 정도도 모르면 부장 노릇은 할 수 없어요. 하지만 그들도 연습이 진행되면서 당신을 보는 눈이 점점 달라지기 시작했습니다. 우스울 정도로 티가 났어요. 공연 한 달 전에는 거의 전원이 당신의 연기에 끌리고 있었으니까요.

또 하나, 모두를 놀라게 한 점은 당신이 무대에 오르기 위해 화장을 하면 전혀 다른 사람처럼 아름다워졌다는 것입니다. 평소에는 완전히 맨얼굴로 다녔기 때문이기도 하겠지만, 화장을 하면 인상이 확 달라졌거든요. 평소의 당신에게서는 전혀 느껴지지 않는 에로틱한 분위기마저 풍겼습니다. 모두가 무대 위의 당신에게 매료되어 있었습니다.

아니, 무엇보다도 제가 매료되어 있었지요.

그 무렵, 저는 누구보다도 오래 당신과 함께 있었습니다. 전원이 모여서 하는 연습이 끝난 후에도 당신과 동아리방에 남아서 연기와 연출에 대해 몇 시간이나 이야기했어요. 당신은 제 앞에서 몇 번이나 연기를 보여주었지요. 때로는 밤새 연습할 때도 있었습니다. 공연까지 석 달 동안, 우리는 주말을 제외하고는 만나지 않는 날이 없었습니다. 옆에서 보면 마치 연인 사이처럼 보였겠지만, 물론 우리 두 사람 사이에 그런 분위기는 전혀 없었습니다. 저도 당신도, 머릿속에는 연극에 대한 생각밖에 없었을 거예요.

그렇게 가을 연극제를 맞이했습니다.

첫날 공연 때의 일이었습니다. 막이 열리고 잠시 후, 곧 당신이 등장하는 장면 직전에, 무대 옆쪽에 선 당신이 안절부절못하고 있다는 걸 알았습니다.

제가 왜 그러느냐고 물으니, 당신은 늘 부적처럼 하고 다니는 목걸이가 보이지 않는다고 불안한 목소리로 대답했어요.

"아파트에 두고 왔나 봐요."

당신은 울 것 같은 목소리로 말했지요.

"목걸이 같은 거 없어도 괜찮아."

제가 웃으며 그렇게 말하자, 당신은 갑자기 궁지에 몰린 것처럼 "실수할 것 같아요" 하고 말했습니다.

아마 그런 자신의 말 때문에 더욱 마음이 흔들렸나 봅니다. 갑자기 당신은 패닉에 빠졌습니다.

"큰일이에요! 대사가 생각나지 않아!"

당신은 떨리는 목소리로 말했습니다.

그런 당신을 본 건 처음이었습니다. 저는 진정하라고 말했지만, 당신은 떨기만 할 뿐이었습니다. 무대는 계속되고, 당신이 나갈 차례가 바로 코앞까지 다가왔습니다.

저는 순간적으로 당신의 뺨을 때렸습니다. 큰 소리가 나고, 무대에서 연기하고 있던 배우 중 몇 명이 무대 옆을 돌아보았습니다. 저는 멍하니 있는 당신을 무대로 내던지듯이 떠밀었습니다.

무대로 나간 순간, 당신은 쓰야마 요코의 얼굴이 되어 있었지요. 요염하게 미소를 띤 입가에서 천천히 대사가 나왔습니다. 정말이지 완벽한 대사였어요.

첫날의 무대는 대성공을 거두었습니다.

이렇게 쓰고 있자니 그때의 공연이 생각나는군요. 당시에는 아직 가정용 비디오가 보급되어 있지 않아서, 공연 기록을 비디오로 남길 수는 없었습니다. 8밀리미터 필름으로 두 시간짜리 연극을 촬영하기에는 돈이 너무 많이 들었고요.

그 공연을 다시 한번 보고 싶다고, 진심으로 생각합니다. 하지만 눈을 감으면 제 뇌리에 그때의 공연 모습이 생생하게 떠오릅니다. 마음속의 영상은 아마 비디오의 영상보다도 훨씬 선명하고 강렬할 테지요.

「루빈의 꽃병이 깨졌다」가 성공한 가장 큰 이유는

제 각본과 연출 덕분이라고 말해도 용서해주실는지요. 그 작품은 제가 심혈을 기울인 것이었습니다(웃음). 다른 대학의 연극부 사람들도 극찬했지요. 프로 각본가나 연출가에게도 칭찬을 받았습니다.

하지만 당신의 연기가 작품을 한층 더 빛내줬다는 건 틀림없습니다. 아니, 사실은 당신의 존재야말로 그 연극을 성공으로 이끈 주역이라고 해도 과언이 아니겠지요.

연습을 할 때부터 당신은 연극 속에서는 엄청난 존재감을 보여주었지만, 연습을 마치면 눈에 띄지 않는 여대생이 되었습니다. 당시에도 그게 정말 신기했어요. 아니, 반대일지도 모르겠습니다. 평소에는 수수한 여자인데, 연기에 들어간 순간 온몸이 오라로 감싸이며 빛나기 시작하는 것입니다. 표정이나 목소리까지도 다른 사람 같았어요. 저는 '타고난 여배우'란 이런 사람을 말하는 건지도 모른다고 생각했습니다.

하지만 평소의 당신은 스스로를 앞에 내세우는 면이라곤 전혀 없었습니다. 훌륭한 연기로 공연을 성공으로 이끌고도, 그걸 자랑하는 구석은 전혀 없었지요. 당신의 그런 성격이 사람들에게 호감을 샀던 거라고 생각합니다.

하지만 솔직히 말해서 그때도 저는 당신을 사랑하고 있지는 않았습니다. 여배우로서는 매우 존경하고 있었지만 여자로 보지는 않았거든요.

맞아요, 제게는 약혼자가 있었기 때문입니다. 이 사실은 꽤 많은 부원들이 알고 있었으니 당신도 들었군요.

다만, 솔직히 말하자면 약혼자가 아니라 부모님이 정한 상대였습니다. 케케묵은 말이라 놀라셨으려나요. 하지만 약혼자라기보다 부모님이 정한 상대라고 하는 편이 딱 들어맞습니다.

이 이야기는 제 입으로는 한 번도 한 적이 없지요.

딱히 비밀로 해둘 생각은 아니었습니다. 사귈 때 당신이 한 번도 묻지 않았기에 저도 굳이 말하지 않았다는 게 사실입니다. 하지만 당신과 결혼하기로 하고 나서는, 언젠가 말해야겠다고 생각하고 있었습니다. 어디까지 이야기해야 할지 고민도 하고 있었고요. 그 이유는 이 이야기가 조금 미묘하기 때문입니다. 하지만 오늘은 말씀드리려고 합니다.

제게 부모님이 없다는 건 아시지요. 두 분이 돌아가신 건 제가 중학교 3학년 때입니다. 횡단보도를 건너다가 신호를 무시한 차에 치여서 돌아가셨지요. 가해자였던 젊은이가 보험에 가입되어 있었다면 보험금도 나왔을 테니, 그 후의 제 인생은 꽤 달랐을 겁니다.

부모님의 죽음은 큰 충격이었지만, 그 슬픔에 빠져 있을 수는 없었습니다. 조부모님이 이미 돌아가신 뒤라, 생활에 문제가 있었거든요. 사고를 낸 젊은이가 무면허였기 때문에 보험금은 한 푼도 없었습니다. 아버지는 가난한 월급쟁이라 저축이 거의 없었고, 살던 집도 셋집이었습니다. 그래요, 장례식을 마친 다음 날부터, 중학생인 저에게 앞으로 어떻게 먹고살아야 하는가 하는 현실이 덮쳐왔던 것입니다.

부모님에게는 형제자매가 있었지만, 저를 맡겠다는 집은 없었습니다.

친척이라고 해도 이럴 때는 차가운 법이지요. 그때까지 저를 귀여워해주었던 작은아버지나 큰어머니도, 장례식이 끝나고 나니 저와 눈을 마주치려고도 하지 않았습니다. 사이가 좋았던 사촌들도 서먹서먹한 태도를 취했어요. 저는 열다섯 살의 나이에 세상의 비정함을 알게 되었습니다. 이건 부모님의 죽음과 비슷할 정도로 충격적이었지요.

하지만 세상에는 박정한 사람들만 있는 게 아니라는 사실을 안 것도 이때였습니다.

내내 소원했던 '하마마쓰의 고모부'가 저를 맡겠다

고 한 것입니다. 하마마쓰의 고모부는 부모님의 형제는 아니었습니다. 아버지의 여동생의 남편인데, 고모부는 2년 전에 고모와 이혼해서 미즈타니가와는 인연이 끊어진 상태였지요. 그러니 엄밀하게는 남남이지만, 그분은 옛날부터 저를 매우 귀여워해주었습니다.

고모부는 의협심이 있는 사람이었습니다. 부모님의 장례식이 끝난 뒤, 친척들이 아무도 저를 맡으려고 하지 않을 뿐만 아니라 그런 화제조차 피하는 태도에 화를 내며, "그렇다면 내가 키우겠다"라고 말했던 것입니다. 그때 친척들이 보여준 놀람을 가장한 기쁜 얼굴은 평생 잊지 못할 겁니다. 인간이란 누구나, 여차한 순간에는 배우도 아닌데 훌륭한 연기를 할 수 있는 법이에요.

하마마쓰의 고모부—이름은 하마다 에이지로라고 하는데, 그분은 하마마쓰에서 자동차 부품 공장을 경영하고 있었습니다. 부모님의 형제자매는 하마다 씨네 집은 부자니까 아주 잘된 일이라는 식의 말을 했습니다. 분명히 고모부가 생활에 여유가 있어서 저를 맡을 수 있을지 모르지만, 친척 중에도 유복한 사람은 있었습니다. 그러니까 돈 문제는 아니지요.

그달 말에 저는 도쿄에 있던 집을 나와서 하마마쓰에 있는 고모부 댁으로 가게 되었습니다.

처음으로 고모부 댁을 찾아간 저에게 고모부는 "오늘부터 너는 이 집 애다"라고 말했습니다. 그리고 제 방도 주었지요. 아주머니—고모부의 두 번째 아내인데, 그녀도 시원시원하고 다정한 사람이었어요. 이렇게 저는 하마다가에서 부족한 것 없이 살 수 있게 되었습니다.

고모부에게는 아이가 하나 있었습니다. 유코라는 여자애로, 저보다 세 살 아래입니다. 실은 유코는 아주머니가 재혼할 때 데려온 아이였어요. 고모부가 저를 맡겠다고 한 건, 이미 피를 나누지 않은 딸을 키우고 있었기 때문일지도 모르지요.

유코는 당시 초등학교 6학년이었습니다. 똑똑한 아이였고, 저를 매우 잘 따랐지요. 그리고 저를 '오빠'라고 불러주었습니다.

여기까지 이야기하면 짐작하셨을 것 같지만, 부모님이 정한 제 상대는 유코입니다.

저와 하마다 가족은 잘 지냈습니다. 고모부도 아주머니도 저를 친아들처럼 귀여워해주었고, 저도 두 분과 진심으로 마음을 터놓고 지낼 수 있었습니다. 두 분은 아들이 생긴 것 같아서 기쁘다고, 틈만 나면 말씀하셨지요. 자랑 같아서 내키지는 않지만, 저는 공부를 아주 잘해서 전학 간 학교에서도 성적이 내내 일등이었거든요. 그게 고모부 부부를 기쁘게 했던 것도 분명합니다.

유코와는 핏줄로 이어지지는 않았지만 금세 친해져서, 1년쯤 지나니 진짜 남매처럼 사이가 좋아졌습니다. 아니, 외아들인 저는 진짜 남매라는 게 어떤 사이인지 모르니까, 멋대로 말할 수는 없겠네요.

제가 고등학교에 들어간 해에, 유코는 중학생이 되었습니다. 유코는 귀엽게 생긴 애라, 고등학교의 같은 반 친구들한테 유코 같은 예쁜 동생이 있어서 좋겠다는 말을 자주 들었지요. 그 말을 들으면 저는 왠지 저 자신이 칭찬을 받은 듯한 기분이 들었습니다.

하지만 유코에게 연애 감정은 품고 있지 않았습니다. 당연한 일이지만 이성으로는 보이지 않았기 때문이지요.

유코는 중학교 2학년이 되었을 무렵부터 급속하게 몸이 자라고, 동시에 아름다워졌습니다. 유코의 친아버지는 스페인인과 일본인의 혼혈이었다고 들었습니다. 그러니까 유코는 혼혈 2세대인 셈이지요.

초등학생 때는 백인 같은 분위기가 별로 없었지만, 사춘기가 되니 전체적으로 이국적인 부분이 눈에 띄었습니다. 피부는 하얗고, 눈이 크고, 몸매도 또래 소녀들과는 완전히 달랐어요.

집 안에서 보아도 가끔은 깜짝 놀랄 때가 있었습니다. 여자란 정말 신기한 생물이라는 생각이 들더군요. 물론 같은 반 여자아이의 성장과 변화도 학교에서 보긴 했지만, 집 안에서 하루 종일 보고 있는 여성의 변화에 대한 인상은 그것과는 조금 달랐습니다. 번데기 속의 변화를 안쪽에서 들여다보고 있다는 느낌일까요.

집에는 유코 앞으로 러브레터가 자주 왔습니다. 그때는 스마트폰은커녕 휴대폰도 없던 시절이라, 남자가 좋아하는 여자한테 마음을 고백하려면 편지를 쓰는 수밖에 없었습니다. 느긋한 시대였지요.

제가 러브레터로 유코를 놀리면, 그녀는 늘 진심으로 화를 냈습니다. 유코 본인은 러브레터를 받아도 조금도 기뻐하지 않았어요. 저는 그녀에게 어울리는 멋진 남자친구가 생기면 좋겠다고 생각하고 있었지만, 유코는 남자친구에는 전혀 흥미가 없었던 모양입니다.

저는 고등학교를 졸업하고 도쿄에 있는 대학에 진학했습니다. 학비도 하숙비도 고모부가 내주었지요. 저는 거기까지 해달라고 할 수는 없다고 말했지만, 고모부 부부가 억지로 밀어붙였습니다. 미안한 마음은 있었지만, 기뻤던 것은 분명합니다.

제가 집을 나올 때, 유코는 "오빠랑 헤어지는 건 슬퍼"라며 울었습니다.

"나도 데려가" 하고 떼도 쓰더군요. 몸은 다 컸고 얼굴 생김새도 어른스러워졌는데 알맹이는 완전히 어린아이구나, 하고 생각했던 것이 기억납니다.

하지만 여름방학에 집에 돌아갔을 때, 유코는 저와 눈을 마주치려고 하지 않았습니다. 아니, 저와는 말도 하지 않더군요. 저는, 아마 뭔가 고민이나 생각할 일이라도 있나 보다 싶어, 상관하지 않았습니다. 역시 사춘기 소녀는 잘 모르겠다고 생각하고 있었기 때문이지요.

그해 말에 고향에 돌아갔을 때, 유코는 여름 때와 완전히 달라져서 제게 달라붙었습니다. 이만한 나이의 여자애들은 정말 변덕스럽구나, 하고 내심 쓴웃음을 짓곤 했답니다.

2학년 여름방학 때는 연극에 열중하느라 집에 가지 않았습니다. 그해 말이나 되어 갔더니 유코와 다시 서먹서먹해졌지만, 저는 별로 신경도 쓰지 않았습니다.

하지만 대학 3학년 여름방학에 갔을 때, 고모부가 할 이야기가 있다며 저를 불렀습니다.

새삼스럽게 무슨 일인가 싶어 고모부의 방으로 갔다가, 거기에서 놀라운 이야기를 듣게 되었습니다.

유코가 저를 좋아하고 있어서, 아무것도 손에 잡히지 않는다고 했다는 겁니다. 저는 믿을 수 없는 기분이었지만, 고모부는 유코 본인이 털어놓은 사실이라고 말했습니다.

"나도 처음에는 일시적인 마음이라고 생각했어. 그 나이 여자애한테는 누구에게나 있는, 홍역 같은 거라고."

"네."

"하지만 그게 아니더구나. 유코는 벌써 3년 전부터 널 좋아했대."

"설마요."

고모부는 무서운 얼굴로 저를 노려보았습니다. 저는 뭔가 나쁜 짓이라도 해서 야단맞는 것 같은 기분이 들었습니다.

"저기— 저는 유코한테 이상한 말은 하지 않았어요."

"안다. 완전히 유코만의 짝사랑이지."

그 말을 듣고 조금 안심했습니다.

하지만 유코가 저를 그렇게 진지하게 좋아하고 있을 줄은 생각도 못 했습니다.

"너, 지금 사귀는 여자가 있니?"

고모부는 갑자기 물었습니다.

"없어요."

"정말이야?"

"정말이에요."

그러자 고모부는 얼굴을 약간 일그러뜨렸습니다.

그러고 나서 괴로운 듯한 표정을 지으며 말했습니다.

"이런 부탁은 해서는 안 되는 거지만— 유코를 받아주면 안 되겠니?"

청천벽력이란 바로 이런 상황을 말하는 것이겠지요.

잠깐만요, 라고 말하려고 했지만, 고모부의 진지한 얼굴을 보고 있다가 말을 삼키고 말았습니다.

"나는 유코와 너를 똑같이 좋아해. 너랑 살기 시작한 지 6년이 되었구나. 지금은 널 진짜 아들이라고 생각하고 있을 정도다. 그리고 만일 네가 유코와 가정을 꾸리게 된다면 유코와 헤어지지 않아도 되고, 나로서도 바라 마지않는 일이지."

"고모부가 그렇게 말해주셔서 영광이에요. 저도 유코를 좋아하고요. 하지만 유코한테는 저보다 더 잘 어울리는 남자가 나타날 거예요."

"유코랑 결혼하기가 싫으니?"

"아니에요. 다만 이런 중요한 일을 지금 결정해도 되나 싶어서요. 유코는 아직 열여덟 살이에요. 어른이 되면 마음이 바뀔 거예요."

"걔는 그런 여자가 아니야. 어릴 때부터 한결같은 성격이었어."

그건 고모부의 말이 옳았습니다. 유코는 한번 마음을 정하면 무슨 일이 있어도 움직이지 않는 구석이 있었지요. 하지만 사랑은 다를 거라고 생각했습니다.

"네가 유코를 싫어하는 게 아니라면 받아줄 수 없

겠니? 이렇게 부탁한다."

고모부는 제 앞에 양손을 짚고 머리를 바닥에 바싹 붙였습니다.

"고모부, 이러지 마세요."

이렇게 말해도 고모부는 머리를 들지 않았습니다.

"알겠어요. 저 같은 놈이라도 괜찮다면, 유코를 제게 주세요."

"정말이니?"

고모부는 우는 건지 화난 건지 알 수 없는 얼굴을 했습니다.

이게 저와 유코가 약혼을 하게 된 경위입니다.

꽤 길게 썼네요. 민감한 이야기다 보니, 뉘앙스를 전하려고 당시의 일을 떠올리며 열심히 썼습니다. 거의 이런 대화였어요.

제가 유코와의 결혼을 승낙한 건, 실은 이걸로 고모

부 부부에게 은혜를 갚을 수 있겠다고 생각했기 때문입니다. 이 일로 두 분이 기뻐한다면 어려운 일도 아니라고 생각했거든요.

이렇게 말하면 제가 마치 유코를 은혜를 갚기 위한 도구로 보고 있었던 것처럼 들리는군요. 그런 것은 절대로 아닙니다. 유코와 결혼하는 건 싫지 않았어요. 그녀는 마음씨가 아주 착하고 다정한 아이예요. 무엇보다 저를 좋아해주었고요. 불만이라곤 무엇 하나 없었습니다.

게다가—전에도 말했다시피 유코는 매우 아름다운 여자였습니다. 그 무렵 유코의 미모는 이웃에서도 소문이 자자했어요. 주말에는 어디에선가 소문을 들은 고등학생들이 가끔 집 근처로 찾아올 정도였습니다. 다만 그때까지 동생으로 보고 있었던 만큼, 유코의 아름다움은 제게는 왠지 낯간지러운 느낌이 드는 것이었습니다. 그때까지 이성으로 보지 않았던 유코가 장래의 제 아내가 된다는 건 전혀 실감할 수가 없었지요.

고모부와 그 이야기를 하고 나서, 유코와의 관계는 어딘가 거북해졌습니다. 그야 그렇겠지요. 사귄 적도 없는데, 갑자기 결혼하기로 정해진 거니까요. 약혼자가 되었다고 해서 유코에게 갑자기 연심이 싹트지도 않았습니다. 오히려 그 반대여서, 더더욱 이성으로 느껴지지 않더군요.

약혼자가 된 뒤에도 서로 쑥스러워서, 같은 집에 있으면서도 단둘이 이야기를 하는 일은 거의 없었습니다. 아니, 그해 여름에는 친밀한 대화는 전혀 하지 않았던 것 같습니다. 저는 혹시 계속 이런 관계가 이어지는 걸까 하고 생각했습니다.

그러나 그해 겨울방학에 집에 돌아갔을 때, 역까지 마중을 나와준 유코의 얼굴을 본 순간, 저는 말할 수 없는 기쁨을 느꼈습니다. 아주 자연스럽게 서로 손을 맞잡았지요. 어릴 때라면 모를까, 어른이 되고 나서 유코의 손을 잡은 건 처음이었습니다.

그날, 고모부 부부는 회사 모임인지 뭔지 때문에 늦게 귀가할 거라고 들었습니다. 저녁을 먹은 뒤, 저와 유코는 첫 키스를 나누었습니다. 그리고 유코는 저를 자기 방으로 유혹했지요.

처음 유코를 안은 건 그녀의 침대 위였습니다. 처녀인 유코는 제가 당황할 정도로 적극적이었어요. 그게 사랑의 정열이라는 걸까요, 아니면 라틴의 정열적인 피가 그녀에게 흐르고 있기 때문일까요. 실은 동정인 제가 더 겁을 먹고 있었는지도 모릅니다. 그리고 어릴 때부터 같이 놀았던 방에서 그런 짓을 해도 되는 걸까 하는 마음도 있었습니다.

그해 겨울에는 매일 유코와 섹스를 했습니다. 밤에 고모부 부부가 잠든 뒤, 서로 몰래 방을 찾아가 몸을 겹쳤지요. 고모부 부부가 외출했을 때는 대낮에도 사랑을 나누었습니다.

유코는 제가 대학을 졸업하고 고모부네 회사에 들어가면 바로 결혼하고 싶다고 했습니다. 저는 아직 졸업 후의 일까지는 생각하지 않고 있었지만, 고모부가 제가 회사를 물려받기를 바란다는 건 알고 있었습니다. 저도 고모부에게 은혜를 갚기 위해서는 그게 좋지 않을까 하고 어렴풋이 생각하고 있었어요. 다만 졸업과 동시에 결혼하는 건 아무래도 좀 지나치게 빠른 것 같은 기분이 들었습니다. 고모부 부부도 같은 생각이었고요.

제가 유코에게 대학은 어떻게 할 거냐고 물으니, 가정주부로 지내면서 대학에 가겠다고 하더군요. 고모부는 적어도 유코가 대학을 졸업하고 나서 결혼했으면 좋겠다고 말했지만, 유코는 말을 듣지 않았습니다. 그리고 가정주부로 지내면서도 다닐 수 있는 지방 대학에 가고 싶다고 했습니다.

이듬해, 유코는 지방 국립대학에 입학했습니다.

제가 약혼했다는 건 연극부에서도 아주 친한 친구한테밖에 말하지 않았지만, 이런 이야기는 재미있어서인지 결국 꽤 많은 부원들에게 알려진 모양이에요. 하지만 제가 그 사실을 드러내놓고 싶어 하지 않는다는 걸 알고 있었기 때문에, 모두 제 앞에서는 그 화제를 건드리지 않았습니다. 물론 직접 묻는 부원도 없었고요.

저는 부원들의 배려에 감사하고 있었는데, 신입부원인 당신까지 알고 있었다니 놀랍습니다. 제가 없는 곳에서는 상당히 수군거리고 있었나 보네요.

죄송합니다. 저도 모르게 유코 이야기를 길게 쓰고 말았네요. 결코 유코에게 미련이 있는 건 아닙니다. 제게 유코는 완전히 과거의 여자입니다. 이제 그 얼굴 생김새조차 흐릿하고요.

하지만 당신은 다릅니다. 지금도 눈을 감으면 당신의 얼굴이 선명하게 떠오릅니다. 그리운 나날이 소용

돌이를 그리듯이 뇌리를 스쳐 갑니다. 그리고 그 기억은 당신과 마지막으로 대화를 나눈 날에서 멈추지요.

결혼식 전날—저와 당신은 도쿄 시내에 있는 레스토랑에서 식사를 하기로 했습니다. 하지만 직장에 문제가 좀 생겨, 약속 시간에 갈 수 없게 되었지요. 그래서 당신에게 먼저 제 집에 가서 쉬고 있으라고 전화를 했는데, 그때 당신한테는 조금도 이상한 기색이 없었습니다. 평소처럼 다정하게 제 일을 걱정해주었어요. 전화 마지막에는 "빨리 돌아오세요" 하고 달콤한 목소리로 속삭여주었지요. 설마 그게 제가 들은 당신의 마지막 목소리가 될 거라고는 꿈에도 생각하지 않았습니다.

그날 밤, 제가 집에 도착했을 때 당신은 방에 없었습니다. "내일 식장에서 봐요"라는 메모만 남아 있었지요. 저는 당신에게 전화했지만, 당신은 받지 않았습니다. 분명 결혼식에 대비해서 일찍 잠든 거라고 생각했어요. 하지만 이튿날 결혼식장에, 당신은 나타나지 않았습니다.

그 후 반년 가까이 되는 시간은 마치 악몽 같았습니다. 저는 열심히 당신을 찾았지만, 어디에 있는지 알 수 없었습니다. 놀랍게도 당신은 대학에 휴학계를 냈더군요. 당신 친구들도 아무도 소식을 아는 사람이 없었습니다. 당신의 부모님조차 여우에 홀린 것 같다고 말씀하셨고요. 그 말투와 표정으로 보아, 두 분이 거짓말을 하고 있다고는 생각되지 않았습니다.

저는 경찰에 신고했지만, 당신의 소식은 묘연했습니다. 당신은 마치 연기처럼 사라져버린 겁니다.

아니, 이 이야기는 이제 그만하지요.

당신이 왜 내 앞에서 모습을 감춘 건지, 이제 와서 안다 한들 무슨 소용이 있겠습니까. 물론 알고 싶은 마음은 있지만, 반대로 알기가 무섭기도 합니다.

옛날에는 '이유를 알고 싶다!'고 강렬하게 원했던 적도 있지만, 30년이라는 세월은 그 마음도 흘려보내고 말았습니다. 아마 당신에게는 그렇게 해야만 하는 이유와 사정이 있었겠지요. 그리고 그게 제가 알아서 좋을 일은 아닐 겁니다. 그렇다면 이제 알아도 의미는 없지요.

제가 알고 싶은 건 그 후 당신의 인생입니다.

솔직히 말하면 당신이 떠나고 나서 10년 정도는 당신을 원망했습니다. 제 안에서는, 당신은 죽은 사람이 되었습니다. 그렇게 생각하지 않으면 괴로워서 살아갈 수가 없었어요.

하지만 20년이 지났을 무렵에는, 그런 마음도 없어졌습니다. 그보다 한때는 진심으로 사랑했던 여자—그것도 결혼까지 생각했던 당신이 행복하게 살고 있을까, 하는 생각이 더 강해졌습니다.

저는 여러 가지 상상을 했습니다. 처음에는 뭔가 사건이나 사고에 휘말린 게 아닐까 추측했지만, 3년쯤 지났을 무렵, 친구로부터 당신이 간사이에서 결혼한 것 같다는 이야기를 들었습니다. 다만 그 남자가 어떤 사람인지, 당신이 왜 결혼식장에 나타나지 않았는지는 모릅니다. 그걸 알 방법은 어디에도 없었습니다.

저는 상상했습니다. 그날 밤, 저랑 통화한 후에 당신이 운명적인 만남을 갖게 되어 사랑에 빠진 것이 아닐까 하고. 그리고 괴로워한 끝에 그 남자와 사랑의 도피를 한 것은 아닐까, 하고—. 물론 무리가 있는 추측이지만, 어느새 제 상상의 세계에서는 그랬으면 좋겠다고 바라게 되었습니다.

평범한 일요일, 남편과 아이가 외출한 뒤 집안일을 마친 오후, 당신은 거실 소파에 걸터앉아 문득 옛날 일을 떠올리는 겁니다. 저와 사랑했던 나날을 회상하며 저도 모르게 미소 짓는 거지요—그런 상상을 했습니다. 어느새 당신이 행복하고 즐거운 나날을 보내는 게 제 꿈이 되었습니다. 저는 30년 전의 그날, 당신이 올바른 선택을 했다고 믿고 싶었던 것입니다.

저는 벌써 오랫동안 옛 친구나 지인과는 만나지 않았습니다. 일종의 은둔 생활을 해왔기 때문입니다. 하지만 그건 인생에 절망한 제게 더 어울리는 삶이었을지도 모릅니다.

그건 그렇고 인터넷이라는 건 굉장하군요. 책상 앞에서 전 세계와 연결되어 있다니, 이렇게 컴퓨터를 만지고 있는데도 아직 믿을 수 없는 기분입니다. 제 은둔 생활도 인터넷이 있었다면 완전히 달라졌을 겁니다.

2년 전에 우연히 페이스북에서 당신을 발견했을 때는, 신이 만나게 해주었다고 생각했습니다.

아, 쓸데없는 걱정은 하지 마세요. 이제 와서 당신을 만나러 가고 싶다는 생각은 털끝만큼도 없습니다.

저는 그저 당신이 행복하게 살고 있다는 걸 알고 정말로 기뻤습니다. 만일 당신이—지금도 독신이고 외롭게 살고 있다면, 저에게는 큰 아픔이었을 겁니다.

당신의 행복이 오래도록 이어지기를 기도합니다.

너무 긴 메시지가 되어버려서 죄송합니다. 이걸 쓰는 데 한 시간이나 걸렸네요. 지금은 더위를 좀 먹었습니다. 더운 날이 계속되고 있는데 몸조심하십시오.

미즈타니 가즈마

추신: 그런데 만일 괜찮으시다면 당신의 주소를 가르쳐주실 수 있을까요? 물론 편지 같은 걸 보내지는 않겠습니다. 다만 어디에 살고 계시는지 정도는 알고 싶다는 단순한 마음입니다.

01 メッセージ

미호코 님

답신이 없어졌네요.

올여름은 매일 페이스북을 열어 당신에게 온 메시지가 없는 것을 보고는 실망하는 나날이 이어졌습니다.

처음에는 바쁜 나날을 보내고 계시는 거라고 생각했습니다. 하지만 역시 한 달도 넘게 답신이 없으니, 둔한 저도 그게 아니라는 걸 깨달았습니다. 주소를 물은 게 잘못이었을까요.

아니면 제가 결혼식 얘기를 했기 때문일까요? 하지만 딱히 그 일로 당신을 탓한 것은 결코 아닙니다. 만일 그렇게 받아들이셨다면 사과드립니다. 이전 메시지에도 썼지만, 결과적으로 당신은 옳은 선택을 했다는 걸 알고 진실로 기뻤습니다. 이건 꾸밈없는 진심입니다.

이제 와서 당신이 떠난 이유를 알고 싶다고는 생각하지 않습니다. 제가 빙 둘러서 물은 거라고 느끼셨다면, 제 문장이 부족한 겁니다.

아니면 당신이 불쾌해진 건 혹시, 제가 약혼자인 유코와의 육체관계 이야기를 길게 늘어놓은 탓일까요? 분명히 사귀고 있을 때는 한 번도 말하지 않다가, 지금 와서 묻지도 않았는데 술술 늘어놓은 건 잘못이었지요. 당신의 기분이 상했다고 해도 어쩔 수 없을 겁니다. 게다가 꽤 품위 없는 이야기도 했고요.

당신 입장에서 보자면, 그런 중요한 이야기를 하지 않았다고 불쾌하게 생각하신 건 당연합니다. 친밀하게 교제하고 있었고, 결혼까지 결심했던 당신에게 유코와의 일을 하나도 말하지 않은 건 불성실하게 보였겠지요. 어쩌면 당신은 저와 결혼하지 않은 건 역시 옳은 선택이었다고 생각하셨을지도 모르겠네요. 그렇다면 정말 슬픈 일입니다.

다만 이전 메시지에서도 말씀드렸다시피 평생 비밀로 하려고 했던 것은 아닙니다. 언젠가는 전부 털어놓을 생각이었습니다.

저는 일전에 정기검진으로 위암이 재발한 것을 알았습니다. 다행히 크기가 작아서 당장 목숨에 지장이 있는 건 아니지만, 역시 재발은 충격이었습니다. 전에 암이 발견되었을 때 벌을 받은 거라고 생각했는데, 이건 역시 벌일까요. 저는 당신을 비롯해 많은 사람들을 불행하게 만들었으니까요. 벌을 받는 게 당연한 인생이었습니다.

이 메시지로 이만 끝내겠습니다.

짧은 기간이었지만 당신과 메시지를 주고받은 건 정말 즐거운 일이었습니다. 당신의 메시지에서 당신이 아주 멋진 여자가 된 모습을 상상할 수 있었거든요.

그럼 안녕히.

미즈타니 가즈마

II メッセージ

미즈타니 가즈마 님

한동안 답장을 드리지 못해서 죄송합니다.

답신을 하지 않은 건 미즈타니 씨의 메시지를 불쾌하게 느껴서가 아니었어요. 그저 제 사정 때문이었답니다.

지난번 메시지를 보낸 뒤, 다음 날 메신저의 글을 다시 읽어보고 얼굴에서 불이 나는 기분이 들었습니다.

아무리 와인 탓이라지만, 어쩌면 이렇게 볼썽사나운 글을 보내버렸을까 하는 생각이 들었거든요.

심한 자기혐오에 빠졌어요.

하룻밤은 묵혀두어야 한다는 건 편지나 메시지나 마찬가지인가 봐요.

옛날에는 사귀던 사이였지만, 현재의 저는 미즈타니 씨와는 다른 세계에 살고 있어요.

무심코 친한 척하는 글을 써버려서 반성 중이랍니다.

대학 시절이 아무리 그리워도, 마음까지 학생으로 돌아가면 안 되는데 말이에요.

정말 죄송했어요.

하지만 지난 석 달 동안, 항상 머릿속에 미즈타니 씨가 있었어요.

미즈타니 씨가 지난 30년 동안 어떤 생활을 해왔을까 하고요.

인편으로 전해 듣고는 있었지만, 저로서는 상상도 할 수 없는 힘든 삶이었겠지요.

육체적이라기보다 정신적인 고통이 아마 컸을 것 같아요.

물론 그중 얼마쯤은 제 탓이에요. 하지만 그것 때문에 저를 원망하지는 말아주세요.

저는 그렇게 할 수밖에 없었어요.

미즈타니 씨가 30년 전의 그날 일을 말씀하셨기에 저도 말씀드릴게요.

솔직히 말씀드려서, 그때는 저 자신도 어떻게 해야 할지 알 수 없는 상태였어요.

지금 돌이켜 생각하면 그때 제가 취한 행동은 상식을 벗어난 것이었을지도 모르겠지만, 틀리지는 않았다고 생각해요.

미즈타니 씨를 원망한 건 시간이 좀 지난 뒤였어요.

미즈타니 씨 때문에 제 인생이 산산조각 났다고 생각했어요.

저는 이제 행복으로부터 버림받았다고 생각했고요.

하지만 그건 꽤 제멋대로인 사고방식이었죠.

지금은 물론 미즈타니 씨를 원망하는 마음은 전혀 없답니다.

30년의 세월이 그걸 지워주었어요.그보다 스스로가

선택한 결과라고는 해도 미즈타니 씨가 지난 30년 동안 힘든 인생을 보내신 걸 생각하면 정말 마음이 아프네요.

이런 말씀을 드리는 건 불손한 일이지만, 메시지를 보고 사람이 완전히 달라졌다고 생각했어요.

미즈타니 씨는 불행한 운명을 만나셨지만, 굳이 잔혹하게 말하자면 불행한 일을 당한 건 미즈타니 씨만이 아니에요.

그런 것도 마음에 담아두시면 좋겠어요. 지금은 미즈타니 씨가 행복한 인생을 되찾았으면 좋겠다고 바라고 있답니다.

빨리 건강을 회복하시기를 기도할게요.

마지막으로 한 가지만 더 말씀드리고 싶어요.

병은 그냥 병이에요. 벌을 받는다는 사고방식은 잘

못된 것 같네요.

만일 병이 벌이라고 한다면 모든 환자는 벌을 받은 게 되잖아요.

그러니까 병에 뭔가 의미가 있다고 생각하시지는 말았으면 좋겠어요.

미호코

12 メッセージ

미호코 님

메시지를 보고 놀랐습니다. 설마 그날 안에 회신을 받을 수 있으리라고는 생각하지 않았거든요. 하지만 이게 메시지의 대단한 점이겠지요. 손편지라면 이렇게 빠르지는 않을 테니까요.

그리고 정성스러운 답장을 주셔서 감사합니다.

당신은 그날 이후의 제 30년 인생이 불행했다고 여기시는 듯한데, 저는 그렇게 생각하지 않습니다. 이건 전부 신의 뜻입니다.

실은 저는 신앙에 귀의했습니다. 10년 전에 기독교 세례를 받았답니다. 의외지요? 학생 시절의 저는 무신론자였고, 종교를 우습게 생각하고 있었는데 말입니다. 하지만 인생의 고난이란 사람을 바꾸는 법이지요. 세례를 받았을 때, 저는 다시 태어났던 것 같습니다.

확실히 벌을 받는다는 사고방식은 잘못됐군요. 당

신 말씀대로, 병으로 괴로워하는 사람이 모두 그렇지는 않으니까요. 다만 저는 항상 속죄 의식을 갖고 있습니다. 그래서 그만 그런 생각을 하게 되어버린 겁니다. 여기서 사과해도 소용없지만, 실언을 사과드립니다.

30년—새삼 글씨로 써놓고 보니, 그 세월의 길이에 망연자실해집니다. 그 후로 벌써 30년이나 지났군요.

저는 이제 당신에게 보일 수 없는 모습이 되고 말았습니다. 키는 175센티미터로 변함이 없지만 몸무게는 10킬로그램도 더 늘어서 70킬로그램입니다. 얼굴도 퉁퉁해졌고요. 게다가 머리숱도 적어졌습니다. 아마 길에서 스쳐 지나가도 당신은 저를 알아보지 못하겠지요.

공연이 끝난 뒤, 연극부원들과 뒤풀이 여행으로 이즈에 갔었습니다.

밤에 바닷가에서 캠프파이어를 했고요. 그때, 당신은 제게서 조금 떨어진 곳에 앉아 있었습니다. 저는 슬쩍 당신 쪽을 쳐다보았어요.

불꽃에 비친 당신의 얼굴이 보였습니다. 당신은 하얀 민소매 원피스를 입고, 평소에는 하나로 묶는 머리카락을 늘어뜨리고 있었습니다. 당신의 그런 머리 모양을 보는 건 처음이었지요.

누군가가 불 앞에서 춤을 추며 노래를 불렀습니다. 저는 손뼉으로 박자를 맞추면서 당신의 얼굴을 바라보고 있었습니다. 불꽃에 비친 당신의 얼굴에서는 요염한 아름다움이 느껴졌습니다. 그때, 예쁜 여자구나 하고 생각했어요. 이상하게도, 당신의 아름다움을 처음 깨달은 순간이었습니다.

모두가 소리 맞춰 노래하고 있을 때, 당신이 슬쩍 무리를 빠져나가는 게 보였습니다. 당신의 모습은 곧 어둠 속으로 사라졌습니다. 너무나도 자연스러운 움직임이어서, 주위의 부원들도 몰랐던 것 같습니다.

저는 당신이 빠져나간 곳을 멍하니 바라보았지요.

그러자 그 부분이 블랙홀 같은 이상한 암흑의 구멍으로 보였습니다. 왠지 제가 그 구멍으로 빨려 들어가는 듯한 착각에 빠졌습니다.

저는 천천히 무리를 빠져나갔습니다. 사람들은 노래에 열중해서, 제가 빠져나간 것도 눈치채지 못하는 것 같았습니다. 저는 캠프파이어 자리를 떠나 당신의 모습을 눈으로 좇았습니다.

하지만 방금 전까지 불빛을 바라보고 있었기 때문인지, 눈이 어둠에 익숙해지지 않아서 캠프파이어 외에는 캄캄하고 아무것도 보이지 않았습니다.

저는 어두운 바닷가를 따라, 당신이 사라진 방향을 향해 걸었습니다. 잠시 걷다 보니 눈이 어둠에 익숙해지고, 조금 떨어진 바닷가 덤불 근처에 사람 그림자가 보인 것 같았습니다. 저는 그 그림자 쪽으로 빠르게 걸었습니다. 지금 돌이켜 생각해도 제가 왜 그런 짓을 했는지 모르겠습니다.

사람 그림자에 가까이 가보니, 그 사람은 하얀 원피스를 입고 있었습니다. 저는 당신을 따라잡으려고 걸음을 빨리했습니다. 제 발소리가 큰 파도 소리에 묻혀 당신은 눈치채지 못하는 것 같았어요.

당신의 모습이 갑자기 사라졌습니다. 저는 걸음을 늦추고, 살금살금 덤불 쪽으로 돌아갔습니다.

당신은 쪼그려 앉아 있었습니다. 그때 숨어 있던 달이 얼굴을 내밀고, 그 순간 당신의 하얀 엉덩이를 비추었습니다. 달은 곧 숨었고, 저는 당황해서 덤불에서 멀어졌습니다.

그러고 나서 빠른 걸음으로 캠프파이어 무리로 돌아왔지만, 심장 고동이 좀처럼 가라앉지 않았습니다. 당신의 하얀 맨살이 뇌리에 선명하게 남아 있었습니다. 그건 마치 어린 여자아이 같았어요. 조금 뒤에 당신이 돌아왔습니다. 저는 당신의 얼굴을 볼 수가 없었습니다.

그 후의 일은 잘 기억나지 않습니다. 정신이 들어 보니 캠프파이어를 마치고, 모두 숙소에 돌아와 있었습니다.

저는 방에 돌아와서도 조금도 잠이 오지 않아서, 혼자 숙소를 빠져나가 바닷가로 갔습니다.

아까와 달리 달빛이 바닷가 전체를 비추고 있었습니다. 한동안 바닷가를 걷고 있는데, "부장님." 하고 당신이 말을 걸었습니다.

제가 얼마나 놀랐는지 상상이 되실까요?

"다시로—."

돌아본 저는 그렇게 말하는 게 고작이었습니다.

당신은 원피스가 아니라 숙소의 파자마를 입고 있었습니다. 그때, 당신은 조금 웃었던 것 같습니다.

"왜 여기 있어?"

저는 물었습니다.

당신은 아무 말도 하지 않고 제게 다가왔습니다. 그

리고 바로 눈앞까지 왔을 때, 조금 노려보는 것 같은 얼굴로 저를 올려다보았습니다.

"부장님, 보셨죠?"

저는 온몸이 굳었습니다. "보다니, 뭘" 간신히 그렇게 말했습니다.

"소리가 나서 뒤를 돌아보니까, 걸어가는 부장님의 등이 보였어요."

저는 뭔가 말하려고 했지만, 말이 나오지 않았습니다.

"죽도록 부끄러웠어요—."

당신은 작은 목소리로 말했습니다. 달빛 아래에서도 당신의 얼굴이 새빨개진 걸 알 수 있었지요.

정신을 차리고 보니, 저는 어느새 당신을 껴안고 있었습니다.

죄송합니다. 역시 이런 건 메시지로 쓸 만한 내용이 아니네요.

하지만 그날 밤의 일은 지금도 선명한 기억으로 남아 있습니다.

당신과 영원히 헤어진 뒤, 몇 번이나 떠올렸어요. 머릿속에서 너무나도 여러 번 재생하는 바람에, 어쩌면 어느 샌가 세세한 부분이 닳아버렸을지도 모르겠습니다.

추억에 잠기는 건 이쯤 해두겠습니다.

미즈타니 가즈마

13

メッセージ

가즈마 님

이즈의 밤 말이군요.

정말 그립네요. 그리고 매우 부끄러운 밤이었어요.

이제 그런 걸 부끄러워할 나이도 아니지만요.

저도 당신과 마찬가지로, 30년이라는 세월이 완전히 용모를 바꾸어놨답니다.

길에서 스쳐 지나가는 정도가 아니라 얼굴을 마주하고 자기소개를 해도 바로 알아보시지 못할 정도로 바뀌었어요(웃음).

여자란 몇 살이 되어도 마음속은 소녀일지도 몰라요.

탓할 생각은 없지만, 당신에게는 약혼자가 있었죠.

약혼자가 있었는데도 제게 키스를 했고요.

죄송해요, 이제 와서 이런 말을 하는 건 규칙 위반이겠죠.

아니, 당신에게 약혼자가 있다는 걸 알면서도 당신

의 키스를 받아들이고 만 제가 더 문제겠네요…….

하지만 그때는, 키스를 거부할 수가 없었어요.

부끄러운 모습을 들킨 것에 대한 동요도 있었지만, 당신에게 안긴 순간 머릿속이 새하얘졌거든요.

죄송해요, 저는 또 도망치고 있네요.

머릿속이 새하얘졌다니, 마치 제가 저 자신의 의지를 잃었던 것처럼 말했네요.

솔직하게 쓸게요. 저는 당신에게 안겨, 기쁨으로 떨고 있었어요. 키스를 받고 온몸이 녹는 것 같았답니다.

아아, 무슨 말을 쓰고 있는 걸까요!

하지만 이미 시효가 지났지요.

30년 전의 일은 무엇을 써도 괜찮을 거예요.

당신도 말씀하셨다시피, 시간이란 위대하니까요.

하지만 이제 이 얘기는 그만두지요.

먼 옛날의 이야기니까 누구에게도 폐를 끼치는 건 아니지만, 좋지 못한 일인 것 같아요.

당신의 몸이 회복되기를 기도할게요.

미호코

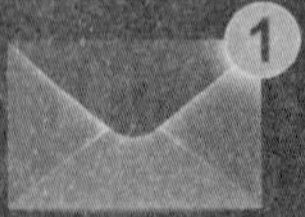

14 メッセージ

미호코 님

정말 실례가 많았습니다.

쓸데없는 말을 써버렸어요. 저와 당신은 분명히 한 때는 결혼 직전까지 갔던 사이지만, 지금은 완전한 타인입니다. 아무리 과거의 일이라고 해도 그런 로맨틱한 이야기는 좋지 않지요. 미안합니다. 그만 그리운 마음이 들어서 생각나는 대로 말해버렸네요.

다시 말씀드리지만, 공연은 정말 훌륭했습니다.

그건 결코 우리만의 자기만족이 아니었어요. 연극제에서 우리 작품이 최우수상을 수상했으니까요. 꼭 상을 받았다고 해서 그 작품이 가치가 있는 건 아니지만, 객관적인 평가 중 하나이기는 하지요.

다만, 연극은 비즈니스로 운영되지 않으면 의미가 없어요. 그런 의미에서, 우리가 만들 극단의 스폰서가 되겠다는 사람이 나타난 건 자랑할 만한 일이라고 생각합니다. 만일 상이 도움이 되었다면, 수상에 큰 의미가 있었다고 할 수 있겠지요.

그 제안을 해준 야시로 고조 씨는 연극 전문가가 아니었고, 연예계에서 살아오신 분도 아니었습니다. 사업과 부동산 투자만 해오신 분이지요. 하지만 젊은 시절에는 연극에 흥미를 갖고 있었다고 했습니다. 대학 때는 연극부에 소속되어 있었고요.

그때는 버블 붕괴 직전이었지만, 야시로 씨는 선견지명이 있었는지 이미 꽤 많은 부를 이루신 상태였습니다. 그렇게 얻은 자금으로 뭔가 사회에 환원하고 싶다고 생각하고 계셨죠. 그러던 차에 우연히 우리 연극제를 보러 오신 겁니다. 그리고 「루빈의 꽃병이 깨졌다」를 보고 감격해서, 우리가 만들려고 했던 극단의 스폰서가 되겠다고 하셨습니다.

야시로 씨는 우리가 프로 극단으로 활동해나갈 수 있는 자금을 제공하겠다고 제안했습니다.

이 이야기를 듣고 온 사람은 연출 보조였던 미야와키입니다.

건방진 소리 같지만, 그는 줄곧 제 재능에 반해 있었습니다. 저를 천재라고 말해주는 제 오른팔 같은 존재였지요. 그는 저라면 프로가 될 수 있을 거라고 했습니다. 만일 제가 연극의 길로 나아간다면 계속 돕고 싶다고도 했고요. 제가 진심으로 연극의 길로 나아갈 생각을 했던 것도, 어쩌면 미야와키가 있었기 때문일지도 모릅니다.

그는 말로만 그러는 사람이 아니었습니다. 여러 자산가에게 스폰서가 되어달라고 편지를 쓰거나, 또는 직접 면담을 신청하곤 했습니다. 하지만 저에게 그런 말은 한마디도 하지 않았지요. 그게 정말 그 사람답다고 할 수 있습니다.

미야와키가 여기저기 알아봐준 자산가 중 한 명이 야시로 씨였습니다. 야시로 씨는 총 다섯 번의 공연 중 세 번이나 보러 와주었다고 합니다. 같은 연극을 세 번이나 말이지요. 그리고 저의 재능과 우리 부원들의 재능을 높이 샀다고 했습니다.

처음 만났을 때, 야시로 씨는 이렇게 말했습니다.

"자네에게는 재능이 있어. 언젠가 일본 연극계를 짊어질 인재가 될 걸세."

그때는 저도 예의상 하는 말이라고 받아들이고 고맙습니다, 하고 가볍게 대답했는데 야시로 씨가 이어서 이렇게 말했습니다.

"자네가 프로가 될 마음이 있다면 후원하겠네. 우선 5천만 엔쯤 있으면 되겠나?"

그때 뭐라고 생각했느냐면—실은 이건 TV에서 흔히 보는 몰래 카메라 같은 게 아닐까 생각했습니다.

연극부원 중 누군가, 아니면 다른 대학 극단의 누군

가가 이런 일을 꾸며내서 저를 놀리는 게 아닐까 생각한 것이지요. 야시로 고조 씨는 그 업계에서는 매우 유명한 사람이었지만, 저는 그런 세계에 밝지 않아서 그의 얼굴도 몰랐거든요.

그래서 저는 애써 냉정하게랄까, 오히려 담담하게, 고맙습니다, 라고만 대답했습니다. 그리고 "우리는 돈 때문에 하는 게 아니라서요"라고 말했지요.

저의 그런 태도와 대답에 야시로 씨가 기뻐했으니, 인생이란 재미있는 것 같습니다. 나중에 알았는데, 야시로 씨는 어떻게 해서라도 이 욕심 없는 청년을 후원하고 싶다고 생각했다고 합니다.

야시로 씨를 만나고 나서, 미야와키한테서 야시로 씨가 대단한 인물이라는 이야기를 듣고 저는 터무니없는 말을 해버렸다고 후회했습니다. 하지만 모든 것은 좋은 결과로 끝났지요.

야시로 씨가 제시했던 조건은 더없이 좋을 정도였습니다.

우선 계약금으로 극단에 5천만 엔, 저 개인에게는 따로 천만 엔. 단원에게는 제대로 급여가 주어지고, 연습실도 야시로 씨 소유의 건물 중 개조한 회사 창고를 무료로 빌릴 수 있다, 그 대신 극단 이름에 야시로 씨의 회사 이름을 넣는다는 조건이었지요. 그 외에도 자잘한 것들이 몇 가지 있었지만, 중요한 부분은 그런 것이었습니다.

5천만 엔은 학생 신분인 우리에게는 눈알이 튀어나올 정도로 큰돈입니다. 저는 꿈이라도 꾸고 있는 건가 생각했습니다. 우리 극단을 가질 수 있다. 그리고 프로가 될 수 있다. 이런 일이 현실 세계에서 일어날 거라고는 생각도 해보지 않았거든요.

저는 곧 부원들을 모아서 이 이야기를 했습니다. 다들 놀랐지만, 동요하기도 했지요.

부원들은 모두 연극이 좋아서 연극부에 들어온 사람들이지만, 연극을 평생의 업으로 삼을 생각을 하고 있지는 않았습니다. 졸업하면 제대로 취직을 해서 평범한 회사원으로 살겠다는 인생 설계를 하고 있던 부원이 대부분이었지요.

설령 프로 극단으로 시작한다 해도, 과연 잘될지 어떨지는 알 수 없었습니다. 전혀 인기를 얻지 못한 채, 극단이 자연 소멸해버리는 것도 충분히 있을 수 있는 일이니까요.

"야시로 씨는 돈이 많지만, 어차피 부자의 도락 아닐까?"라고 말하는 부원도 있었습니다. "질리면 이제 그만두겠다면서 내쫓을 가능성도 있잖아"라는 의견도 있었고요.

저는 이렇게 말했습니다.

"야시로 씨는 10년은 보증하겠다고 말해주었어. 반대로 말하자면 10년 안에 결과를 내라는 뜻일 거야."

그리고 부원 전원에게 똑똑히 전했습니다.

"이건 너희들 스스로가 잘 생각해서 답해주었으면 해. 할 거면 대학을 그만둘 각오로 와줘. 학생이 아르바이트 하는 느낌으로 할 일이 아니니까. 4학년 중에 취직이 내정되어 있는 사람은 그걸 취소하고 와주었으면 해. 나는 프로가 되지 않겠다고 말해도 전혀 화내지 않을 거고, 오히려 그 선택은 당연하다고 생각해. 그러니까 나는 너희들에게 부탁하지 않을 거고, 설득도 하지 않을 거야. 천천히 생각해봐. 다만 이 극단을 시작할 때 열 명 미만밖에 모이지 않는다면, 이 이야기는 없어질 거야."

당신도 기억할 것 같지만, 저는 부원들에게 2주의 유예를 주었습니다. 2주 뒤까지, 대학을 그만두고 극단에 들어올지 말지 결단을 해달라고 말하고 해산했지요.

사실 이런 큰 결단을 2주 만에 할 수는 없습니다. 나 혼자의 문제가 아니라 부모님의 문제이기도 하니까요.

대학을 그만두는 데는 큰 결단과 용기가 필요합니다.

미야와키는 "대학을 그만두지 않아도 괜찮지 않아?"라고 말했습니다. "충분히 양립할 수 있을 거고, 졸업하고 나서도 연극에 전념하고 싶다면, 그 후에 정식 입단해도 되잖아"라고요. 미야와키는 제 억지스러운 방식 때문에 극단 설립이 취소되어버릴까 봐 두려워하고 있었습니다.

하지만 저는 미야와키의 의견을 무시했습니다. 그런 어중간한 각오로는, 절대로 진심을 다해서 전념할 수 없을 거라고 생각했기 때문입니다. 연극 같은, 소위 기존의 틀 바깥에 있는 일을 하려면 물러나지 않겠다는 각오 없이는 아무것도 안 된다고 생각했습니다.

지금에 와서 생각하면, 저 자신에게 여유가 없었던 것 같네요. 그 이유는 당신이었습니다. 당신을 위해 어떻게 해서라도 연극을 계속하고 싶었거든요. 저 자신의 가능성과 당신의 가능성을 끝까지 추구해보고 싶었습니다.

이런 이야기는 아무래도 상관없는 거겠지요. 그보다 당신과의 일이 중요하니까요.

저는 그날 밤 이후, 당신을 사랑하게 되었습니다. 아니, 사실은 그전부터—연습을 하는 당신을 바라보고 있을 때, 저는 이미 당신을 사랑하고 있었는지도 모릅니다. 중년 남자를 유혹하는 당신, 웃으며 남자를 속이는 당신, 그리고 먼 과거를 돌아보고 처음으로 잃은 사랑을 떠올리며 우는 당신—. 저는 변화무쌍한 당신의 표정과 목소리에 매료되었습니다. 게다가 제가 연습을 멈추고 NG를 외칠 때 당신의 진지한 눈빛, 연습이 끝나고 보이는 명랑한 웃음—. 아아, 지금 이렇게 쓰면서도 그때 당신의 표정이나 목소리가 제 뇌리에 되살아납니다. 저는 어느새 당신을 사랑하고 있었던 겁니다. 다만 그 마음을 줄곧 억눌러왔지요. 유코라는 약혼자가 있었으니까요.

하지만 그 캠프파이어 날 밤, 당신과 키스를 한 순간, 억누르고 있던 마음이 성난 물살처럼 흘러넘쳤습니다. 아니, 그건 둑이 무너졌다고 해야 할 정도였습니다.

당신도 격렬하게 마음을 표현해주었습니다. 울면서 계속, 계속 좋아했다고 말했지요.

저는 약혼자가 있는데도, 그리고 당신은 제게 약혼자가 있다는 사실을 알면서도 우리는 사랑에 빠졌습니다.

유코의 존재는 우리 앞에 크게 버티고 서 있었습니다. 저는 유코를 좋아했지만, 그건 결코 사랑이 아니었습니다. 고민한 끝에 유코와 헤어지기로 결심했습니다.

고모부한테 빚진 은의는 있습니다. 하지만 그것과 이건 다르니까요. 은혜는 몇 년이 걸리더라도 갚아나갈 생각이었습니다.

10년 가까이 되는 세월 동안의 생활비, 그리고 학

비, 물론 그것만이 아닙니다. 고모부도 아주머니도 저를 보살펴주고, 늘 저를 신경 써주었습니다. 이건 돈으로는 갚을 수 없지요. 그런 선의를 일방적으로 배신하는 건 사람으로서 할 수 없는 행위입니다.

하지만 설령 그렇더라도, 저는 당신과 맺어지고 싶었습니다. 설령 고모부에게 심한 욕을 먹더라도, 당신과 함께하자고 생각하고 있었습니다. 고모부 부부한테는 평생이 걸리더라도 갚아나가기로 결심했지요.

아까부터 고모부 부부 이야기밖에 하지 않았네요. 두 사람에 대한 은의보다 유코에 대한 배려는 없는 거냐고 하실 것 같은데요. 유코에게 미안하지 않느냐—고요.

실은 유코에게 미안한 마음은 없었습니다.

쓸까 말까, 계속 망설였는데 그냥 쓰겠습니다.

이건 누구에게도 말한 적이 없는 일입니다. 당신만

알고 계셨으면 좋겠군요. 하기야 당신과 유코 사이에는 아무런 인연도 없고, 공통 지인도 없습니다. 평생 만나는 일도 없겠지만, 그래도 유코의 명예에 관한 일이니 마음속에만 담아두어 주셨으면 좋겠습니다.

제가 대학 4학년이 되었을 때—당신과 만나기 1년 전입니다—몸 어딘가에 불편을 느꼈습니다. 그런 이변은 처음이었어요. 병원에 갔더니 매독이라고 하더군요. 1기였습니다.

'이런 바보 같은 일이!'라는 게 처음에 든 생각이었습니다.

왜냐하면 제 성 경험은 유코 외에는 없었기 때문입니다. 다시 말해 매독은 유코에게서 감염된 것이었어요. 그렇다면 유코는 저 외의 누군가에게서 감염되었다는 뜻이지요. 유코가 저 외의 남자와 섹스를 하고 있었다는 사실은 충격적이었습니다.

저는 유코에게 캐물었습니다. 다른 일이라면 불문에 부칠 수 있어도, 이건 그냥 넘어갈 수는 없는 일이었기 때문입니다.

처음에 그녀는 완고하게 결백을 호소했습니다. 제가 진단서를 보여주자, 반대로 저를 의심하는 듯한 말을 했습니다.

저는 이 사실에 또 충격을 받았습니다. 어쩌면 불행한 사건일 가능성도 생각하고 있었고, 한 번의 바람이라면 용서할 생각이었는데, 이렇게 제게 죄를 뒤집어씌운다는 건 바람을 피운 것 이상으로 심한 짓이라고 생각했기 때문입니다. 그때까지 제 안에 있던 유코의 이미지가 와르르 소리를 내며 무너져갔습니다.

더 이상 진실을 추궁할 마음이 사라졌습니다. 하기야 '진실'은 그녀가 말하지 않아도 알고 있었습니다. 다만 그게 어떤 상황이었는지, 그녀의 입으로 변명을 듣고 싶을 뿐이었습니다. 그러나 그녀에게서 "사실은 오빠 아니야?"라는 말을 들은 순간, 더 이상 아무것도 물어볼 마음이 들지 않았습니다.

저는 유코에게 "이제 됐어"라고 말했습니다.

"네가 이 일을 결론이 나지 않는 논쟁으로 만들어서 쌍방의 책임으로 돌릴 생각이라면, 나는 더 이상 얘기하고 싶지 않아."

유코가 "어쩌려고?"라고 물어서, 저는 "헤어질 생각이야" 하고 분명하게 말했습니다.

유코는 "오빠가 바람을 피워놓고 나한테 죄를 덮어씌울 셈이야?" 하고 격렬하게 따졌지만, 저는 아무 대답도 하지 않았습니다. 제가 그녀에게 변명할 일은 무엇 하나 없었거든요. 그녀가 무슨 말을 하든 진실은 하나고, 그건 그녀도 알고 있었을 테니까요.

하지만 사흘 뒤, 유코는 울면서 거짓말을 했다고 말했습니다. 실은 딱 한 번 다른 남자와 육체관계를 가졌다고 고백하더군요.

믿고 있던 선배와 술을 마시러 갔다가, 취해서 반쯤 억지로 당했다고요. 경찰에 신고해야 하나 어째야 하나 진지하게 고민했지만, 부모님의 체면을 생각하니 차마 신고할 수가 없었다고 했습니다. 무엇보다 제게 알려지는 게 무서워서 그럴 수 없었다고—.

"내 부주의였어. 경솔했어."

하고 유코는 몇 번이나 말했습니다.

"오빠랑 헤어지기 싫어!"

하며 울었습니다. 그리고,

"나를 행복하게 해줄 사람은 오빠밖에 없어!"

라고 말했습니다.

그건 박진감이 넘치긴 했지만 연기였습니다. 그걸 꿰뚫어보지 못해서야, 연극 연출은 할 수 없지요. 저는 그녀의 눈물 어린 참회를 들으면서, 여자란 모두 천성적으로 연기력을 갖고 있구나, 하고 멍하니 생각했습니다.

하지만 그건 제 교만이었을지도 모릅니다. 유코가 한 말이 진실이 아니라고 누가 확신을 갖고 말할 수 있었을까요. 실제로 연기와 진심을 분간하는 것은, 가능할 리가 없는 일입니다. 저는 유코가 연기를 하고 있다고 믿고 싶었을 뿐인지도 모르지요.

다만 유코가 한 이야기 속에, 딱 하나 진실이 있다고 느꼈습니다. 저와 헤어지고 싶지 않다는 것입니다. 다시 말해서 설령 그녀가 바람을 피우고 있었다고 해도, 제일 좋아하는 사람은 그 남자가 아니라 저였다는 말이지요. 저는 그 한 가지로 유코를 용서하기로 했습니다.

안이한가요? 저도 정말 안이하다고 생각합니다. 하지만 이게 제 성격이에요.

애초에 유코를 사랑했던 건 아닙니다. 역설적인 말이지만, 제가 그녀를 진심으로 사랑했다면 그녀의 행위를 결코 용서할 수 없었을 거예요. 강한 사랑은 종종

관용적이지 못하고, 필요 이상의 분노를 동반하는 법이니까요.

저는 유코를 용서하기로 했습니다. 한 번의 잘못으로 사람을 벌할 수 있을 만큼, 저 자신이 훌륭한 인간은 아니었으니까요. 게다가 한 번 이런 일이 있었으니 다음은 없을 거라고 생각했습니다.

저는 약혼을 깨뜨리지 않았습니다. 그대로 1년이 지나고, 연극에 열중한 탓에 유급을 해서 4학년을 다시 한번 보내게 되었습니다. 고모부께는 죄송한 일이었지만, "1년 꿇는 것 정도야 별거 아니지" 하고 웃으며 용서해주셨습니다. 하지만 지금 생각하면, 졸업해서 유코와 결혼하는 걸 미루고 싶었던 마음도 있었는지 모르겠습니다. 다행히 병은 반년 만에 치료되었습니다.

그러나 그해 여름, 저는 당신과 사랑에 빠지는 바람에 또 유코와의 일을 다시 생각하게 되었습니다.

약혼을 깨자고 말하려니 유코가 불쌍해질 것 같긴 했지만, 마음 어딘가에선 그래도 어쩔 수 없다고 생각했습니다. 저 좋을 대로 하는 생각이지만, 유코는 제게 빚이 있었습니다. 그 빚을 조만간 돌려받자는 마음은 전혀 없었지만 만일 언젠가—그런 기회가 오는 날이 있다면, 갚아달라고 해야겠다는 마음이 있었을지도 모릅니다.

그러니까 이건 피장파장이라는 기분이었습니다. 정말 이기적인 말이지만, 이것도 당신과 함께하고 싶었던 일념 때문이었어요.

저는 아무것도

メッセージ 15

미즈타니 님

놀랐어요. 당신에게 그런 일이 있었군요.

저는 유코 씨라는 분이 어떤 여자인지는 몰라요.

하지만 왠지 모르게 그녀의 말은 진짜일 것 같은 기분이 드네요.

여자에게는 항상 위험이 바로 가까이에 있지요. 특히 유코 씨처럼 아름다운 여자라면요. 강간은 의외로 가까이에 있는 범죄거든요. 결코 드라마나 소설 속에서만 일어나는 게 아니에요. 평범하게 아무렇지 않은 얼굴로 살아가는 여자들 중에도, 실은 그런 범죄를 당한 사람이 적지 않을 거예요.

물론 유코 씨가 정말 그런 일을 당하셨는지 아닌지는, 저는 모르지요. 하지만 그럴 가능성은 있었을 거라고 생각하고, 또 그녀 자신이 그렇다고 말한 이상 진실일 가능성이 높을 것 같네요.

그리고 여자는 천성적으로 연기자라는 말이 마음에 좀 걸리는데요.

그 말은 마치 모든 여자는 천성적으로 거짓말쟁이라고 하시는 것 같은 기분이 들어서…….

죄송해요. 옛날 일인데, 이제 와서 무엇이 진실인지는 지금의 당신과는 상관없는 일이겠지요.

다만 같은 여자로서 유코 씨를 변호하고 싶다고 생각했어요. 다른 뜻은 없답니다.

제삼자가 쓸데없는 말씀을 드려서 죄송해요. 기분이 상하셨다면 용서해주세요.

유코 씨 이야기에는 분명 놀랐어요.

만일 그 무렵에 이 이야기를 들었다면 크게 동요했을지도 모르지만, 지금에 와서는 그런 일도 있었구나,

하는 마음이랍니다.

미호코

16 メッセージ

미호코 님

죄송합니다. 전의 메일은 어중간한 데서 잘려서 가버렸네요. 유코 이야기를 쓰다가 동요한 것일까요.

유코 이야기는 아직 끝나지 않았습니다. 당신과는 아무 상관도 없는 이야기지만, 잡담이라고 생각하고 들어주세요.

그때는 마침 야시로 고조 씨한테서 극단 설립 이야기가 나왔을 무렵이었습니다.

저는 하마마쓰의 집으로 돌아가, 고모부 부부에게 유코와 헤어지겠다고 말했습니다.

그날은 지금도 기억합니다. 10월의 마지막 날—제 생일이었습니다. 마침 유코는 대학 친구들과 여행을 가고 없었습니다. 만일 그때 유코가 집에 있었다면 제 인생도 크게 달라졌을 거라고, 그 후에 몇 번이나 생각했습니다. 하지만 그게 제 운명이었겠지요. 세상에 악마가 있다면, 이때 악마가 그 상황을 만든 걸 거라고 생각합니다.

두 분은 제 말을 듣고는 놀란 얼굴을 했고, 고모부가 그 이유를 물었습니다.

좋아하는 여자가 생겼다고 말했더니, 고모부가 불같이 화를 냈습니다. 얼굴을 시뻘겋게 붉히고 욕설을 퍼붓더군요. 아주머니는 그저 울기만 했습니다.

대화—라고 해야 할까요—는 세 시간이나 이어졌으려나요.

고모부와 아주머니는 집요하게 제게 마음을 바꾸라고 강요했습니다. 제게 그럴 마음이 없다는 걸 깨닫자 고모부는 일단 보류하고 반년 후에 다시 이야기하자고 했지만, 저는 그건 아무런 의미도 없다고 말했습니다.

제 강한 결의를 알고, 두 분 모두 마지막에는 포기했지요. 고모부는 "내일 중으로 집에 남아 있는 짐을 꾸려서 나가다오. 그리고 두 번 다시 돌아오지 마" 하고 말했습니다. 저는 네, 하고 대답했습니다. 이렇게 된 이상, 이제 이 집에는 있을 수 없다고 생각하고 있었어요. 아주머니는 계속 울었습니다.

이튿날, 아침부터 고모부 부부는 집을 비웠습니다. 저와 얼굴을 마주하기도 싫었겠지요.

저는 이사업자에게 연락을 했습니다. 안 된다는 걸 우겨서 그날 중에 도쿄에 있는 아파트로 짐을 옮겨달라고 했지요.

오후가 되니 짐은 대충 정리가 되었습니다. 옷장이나 침대, 그리고 책상, 의자, 책장 같은 가구류는 두고 가기로 했습니다. 옷과 책, 그 외 소소한 짐은 전부 합해도 소형 트럭 한 대로 거뜬히 옮길 수 있는 정도였고요.

모든 짐을 차에 싣고 집을 나가려고 할 때, 유코에게 빌려주었던, 아끼는 책이 몇 권 있다는 게 생각났습니다. 그래서 업자에게 기다려달라고 하고 유코의 방에 들어가서 제 책을 찾다가, 책장 뒤에 몇 권의 대학 노트가 있는 것을 발견했습니다. 표지에는 손글씨로 '세계사'라고 적혀 있었습니다. 제가 왜 그 노트를 펼쳐볼 마음이 들었는지는 알 수 없습니다. 지금 생각하면 불행한 운명을 관장하는 신이나 무언가가 저지른 짓 같네요. 무섭고 사악한 무언가가 저를 유코의 방으로 불러들이고, 거기에서 그 노트를 보도록 꾸민 겁니다.

그 노트는 세계사 수업을 필기한 게 아니라 유코의 일기였습니다.

저는 나쁜 짓인 줄 알면서도, 거기에 적혀 있는 걸 읽어보고 싶은 유혹을 억누를 수가 없었습니다. 유코의 상대 남자에 대해 적혀 있을지도 모른다고 생각했거든요.

과연 노트에는 유코의 남자에 대해서 적혀 있었습니다. 그 남자는—고모부였습니다.

이제 전부 말씀드리지요.

유코가 고모부의 두 번째 아내가 데려온 아이라는 건 말씀드렸지요. 다시 말해서 유코는 고모부의 의붓딸입니다. 쓸데없는 각색 없이 사실만을 말씀드리겠습니다. 유코는 고모부와 중학생 때부터 육체관계에 있었습니다. 이것도 충격적이었습니다. 유코가 제게 처음으로 안긴 게 고등학교 3학년 겨울이라는 건 전에 말씀드렸지요. 그때 유코는 처녀라고 말했지만, 실제로는 그보다 3년이나 전부터 고모부에게 안겨왔던 겁니다. 그리고 그 관계는 일시적인 것이 아니라, 그 후로도 오랫동안 계속되었습니다.

유코와 고모부의 관계가 어떤 형태로 시작된 건지는 알 수 없습니다. 유코의 일기는 고등학생이 되고 나서부터 시작되고 있었으니까요. 다만 평범하게 생각해서, 친부녀 관계가 아니라고는 해도 중학생인 딸과 아버지가 자연스럽게 섹스를 할 거라고는 생각되지 않습니다. 제가 도쿄의 대학에 가기로 결정되었을 때 유코가 '데려가 달라'고 말했던 건 혹시 고모부와의 일 때문이었을지도 모르지만, 지금에 와서는 알 수 없고요.

제가 읽은 일기 속에는 유코가 고모부와의 관계를 혐오하는 문장은 없었습니다. 반대로 고모부와의 행위는 아주 멋지다는 기술이 몇 군데 있었지요. 유코의 일기는 매일 성실하게 쓴 것이 아니라 변덕스럽게 진행됐습니다.

일기에는 성병에 대해서는 적혀 있지 않았습니다. 고모부한테서 옮은 건지, 아니면 그녀 자신이 말한 것처럼 다른 누군가에게 당해서 옮은 건지, 그 진실은 알 수 없습니다.

벌써 30년도 더 지난 일인데도, 쓰는 동안 손가락이 떨리네요. 다시 말해서 유코는 저와 약혼했으면서 고모부에게 안기고 있었던 겁니다. 고모부가 유코를 얼마나 진심으로 사랑하고 있었는지는 모릅니다. 하지만 만일 진심으로 사랑했다면, 저와 유코를 약혼시키지 않지 않았을까요. 아니, 정말로 저와 결혼시키고 싶었던 건지, 그것마저 의문입니다. 다만 저에 대한 유코의 마음만은 진짜였던 것 같습니다. 저에 대한 연심이 몇 페이지나 적혀 있었거든요. 저를 사랑하면서 고모부에게 안기는 건 대체 어떤 걸까요.

이런 이야기는 믿을 수 없으시겠지요. 저도 그렇습니다. 처음에는 유코의 망상이 아닐까 생각했어요. 아니, 그렇게 생각하고 싶었습니다. 성적으로 억압된 욕망이 이런 공상의 형태로 나타난 게 아닐까 하고. 하지만 그렇지 않았습니다.

인터폰이 울려서 허둥지둥 모니터를 들여다보니, 이사업자가 있었습니다. 그가 "언제 출발할 겁니까?" 하고 조금 초조한 목소리로 물어서, 저는 그제야 현실로 돌아왔지요. 정신이 들어보니 한 시간도 넘게 일기를 읽고 있었더군요.

저는 이사업자에게 도쿄 아파트의 열쇠를 주고, 먼

저 출발하라고 했습니다.

혼자 남은 저는 고모부의 서재에 들어가서 방을 구석구석까지 뒤졌습니다. 그리고 마침내 책상 서랍 안쪽에서 미니 금고를 발견했지요. 저는 자물쇠를 망치와 지렛대로 부수고, 뚜껑을 열었습니다. 금고 안에는 유코의 나체 폴라로이드 사진이 몇 장이나 있었습니다. 가장 오래된 건 아마 중학생 때일 것이고, 최근 건 대학 시절이었지요.

이 이야기는 고모부에게도 유코에게도 말하지 않았습니다.

저는 유코의 일기도 유코의 사진도 전부 복사했습니다. 이걸 두 사람한테 들이대기 위해서는 아니었어요. 다만, 뭔가 보험을 위해서 복사해둔 것이지요. 무엇에 대한 보험인지까지는 구체적으로 생각하지 않았습니다. 하기야 나중에 경찰에 압수당해서, 지금은 제

손에 없습니다. 딱히 아깝다고는 생각하지 않아요. 아니, 두 번 다시 보고 싶지도 않습니다.

금고는 원래대로 책상 서랍 안쪽에 넣어두었지만, 망가진 자물쇠는 원래대로 해놓을 수 없었습니다. 고모부가 그걸 보면 제가 무엇을 발견했는지 일목요연해지겠지요. 하지만 그래도 좋다고 생각했습니다.

처음에는 사진을 집 안에 흩뿌려버릴까 생각했지만, 관두기로 했습니다. 만일 아주머니가 아무것도 모른다면, 그녀에게 충격을 주게 될 테니까요. 아주머니가 남편과 딸의 관계를 알고 있었는지 어떤지는 모릅니다. 다만 그 후 두 사람은 곧 이혼했다고 들었으니, 어쩌면 뭔가를 눈치챈 건지도 모르지요.

고모부는 7년 전에 돌아가셨다고 합니다. 고모부와 유코의 관계가 그 후 어떻게 되었는지는 모릅니다. 다만 지금도 두 사람을 미워하는 감정이 없다면 거짓말이지요.

길게 썼지만, 이게 당시의 제 상황이었습니다. 그때 저는 정신적으로도 정말 위험한 상태였습니다.

아니, 하지만 냉정하게 생각하면 모든 것이 잘되었다고 할 수 있었습니다. 유코와 고모부의 관계는 충격이었지만, 이것도 달리 보면 유코와의 이별에 더 이상 죄의식을 갖지 않아도 된다는 것이었지요. 약혼자를 버렸다는 죄책감에 괴로워하지 않아도 되었으니, 오히려 잘된 일이었을지도 모릅니다. 그러니까 바꾸어 말하자면, 행운의 신과 불행의 신 양쪽이 한꺼번에 찾아온 느낌이었습니다. 하지만 그 무렵에는 이런 식으로 생각할 수 없었어요. 그저, 이제 부서져버릴 것 같은 제 정신을 유지하느라 필사적이었습니다.

큰 스트레스는 자제심이나 억제력을 잃게 만든다고 들은 적이 있습니다. 평소 같으면 충동을 억누를 수 있는데, 스트레스를 계속 받으면 그 테두리가 느슨해지고 만다는 것이지요.

그때의 제가 그랬습니다. 고모부의 집을 나오고 나서 사흘 정도는 제가 뭘 하고 살았는지 기억에 없습니다. 그 무렵엔 언동도 평범하지는 않았을 거예요.

실은 제 안에는 줄곧 악마가 살고 있었던 겁니다. 그 악마는 전부터 제게 속삭이곤 했습니다. 하지만 평소에는 그 목소리에 귀를 막을 수 있었어요. 부원들 대부분은 저를 온화한 성격의 인격자라고 말했지만, 진정한 저는 전혀 그렇지 않습니다.

그 무렵, 제가 부원들에게 '대학을 선택할 것인가, 극단을 선택할 것인가'라는 혹독한 양자택일을 강요했던 건, 저의 사디스틱한 일면이 분출되었기 때문이 아닌가 합니다. 그것도 평소에 억제되고 있는 또 하나의 나인 것 같은 기분이 드네요.

2주 뒤, 부원들이 답을 주었습니다.

놀랍게도 부원 쉰두 명 중에서 열한 명이 대학을 그

만두고 극단에 들어오겠다고 말했지요. 그중에는 물론 당신도 있었습니다.

저와 미야와키를 합해서 열세 명, 즉 극단을 시작할 수 있다는 뜻이었습니다.

극단에 참가할 수 없다고 말한 사람 중에는 눈물을 흘리면서 그 선택을 말한 사람도 있었습니다. 그들의 슬픔과 고뇌는 이해해요. 아마 부모님이 반대하셔서, 울고 싶은 마음으로 극단을 그만둔 거겠지요.

우리는 야시로 씨에게 인사하러 갔습니다. 야시로 씨는 매우 기뻐했어요.

"젊을 때부터 연극이 꿈이었네. 이 나이에 연극을 할 수는 없지만, 재능이 넘치는 젊은이들의 극단을 후원할 수 있어서 정말 기뻐."

그렇게 말하며 제 손을 잡아주었습니다.

저는 극단에 참가하겠다고 결정한 부원들에게 갑자

기 태도를 바꾸어 "대학은 그만두지 마"라고 말했습니다.

실은 처음부터 생각했던 것이었습니다. 대학이냐 연극이냐 하는 양자택일을 강요했던 건 그들의 진짜 각오를 알고 싶었기 때문이지요. 얼마나 진심인지 보고 싶었던 겁니다.

실제로 대학을 그만두게 할 생각은 아니었습니다. 인생에는 무슨 일이 있을지 모르니까요. 일생을 연극에 바치겠다고 생각해도, 어떤 계기로 다른 길로 가게 될 수도 있지요. 어쩌면 연극을 계속할 수 없는 상황이 올지도 모르고요. 그때, 대학 졸업장이 있느냐 없느냐는 작은 일이 아닙니다. 우리 대학은 입학 경쟁률도 높고, 세상 사람들한테 '좋은 대학'이라는 말을 듣는 곳입니다. 졸업장은 결코 가벼운 것이 아니지요.

제 의도를 알고 다른 부원들은 화를 냈습니다. '속았다' '비겁한 시험이다'라고 말하는 사람도 있었습니다.

하지만 대부분의 부원들은 겉으로는 아무 말도 하지 않았습니다. 오히려 대학을 그만둘 각오로 연극에 몸을 던질 결단을 한 동료들에게 경의를 품은 모양입니다. 게다가 제 행위도 많은 부원들이 역시 부장이라며 인정해주었던 것 같습니다. 일부에서는 '책사'라며 칭찬해준 사람도 있었던 모양이고요.

하지만 당신도 아시다시피, 극단 설립은 환상으로 끝나고 말았습니다. 미야와키가 계약금을 들고 도망쳤기 때문입니다.

횡령 사실을 안 야시로 씨는 격노했습니다.

원만하게 끝내려고 하지 않고 경찰에 신고했지요. 이 사건은 신문에도 실렸고, 당시에는 꽤 큰 스캔들이 되었습니다. 처음에는 저도 의심을 받고 경찰에 몇 번이나 불려갔습니다. 부원들 중 몇 명도 조사를 받았지요. 하지만 결국 미야와키 한 사람의 범행이라는 것이

밝혀졌습니다. 그는 3년 뒤에 필리핀에서 자살했어요. 돈과 동시에 자기 자신의 미래와 생명도 빼앗아버린 거지요.

다만 지금도 신경 쓰이는 것은 미야와키가 처음부터 계획하고 있었느냐, 아니면 큰돈을 보고 눈이 어두워지고 말았느냐 하는 것입니다. 지금에 와서 생각하면 그가 범행을 저지르게 만든 데는 제 책임도 일부 있었던 게 아닌가 하는 기분이 듭니다. 제가 미야와키를 전폭적으로 신뢰하고 있었기 때문에 이렇게 돼버린 거예요. 저는 금전이나 비즈니스에는 어두워서, 아니, 그런 일이 싫어서 미야와키에게 야시로 씨와의 교섭을 모두 맡기고 있었으니까요.

유럽의 오래된 속담 중에 '기회가 도둑을 만든다'라는 말이 있습니다. 선량한 인간도 '훔칠 수 있'는 기회가 주어지면 그런 행위를 하고 만다는 뜻이지요. 그런 의미에서 미야와키를 범죄자로 만든 건 저일지도 모릅니다.

저는 태어날 때부터 범죄자인 사람은 존재하지 않는다고 생각합니다. 범죄에는 거기에 이르게 되는 이유가 있습니다. 결코 미야와키만 잘못한 것은 아니라고—.

야시로 씨는 우리와의 계약도 파기하겠다고 했는데, 그건 당연하겠지요. 선의로 5천만 엔이나 되는 큰 돈을 줬는데 그걸 들고 도망친 거니까요. 이렇게 야시로 씨와 우리의 신뢰 관계는 완전히 부서졌습니다.

저는 그래도 극단을 설립할 꿈을 버리지는 않았어요. 하지만 이 사건에 충격을 받은 부원 대부분에게는 이미 그런 마음이 남아 있지 않았습니다. 당연한 일이지만, 단원이 없으면 극단을 꾸릴 수 없어요. 제 꿈은 미야와키의 배신 때문에 무참하게도 무너지고 만 것입니다.

그런 저를 지탱해준 건 당신이었지요.

당신은 "둘이서라도 해봐요"라고 말해주었습니다. "당신의 꿈을 응원하고 싶어요"라고 말해주었지요. 저는 그 말을 들었을 때, 이 여자를 위해서 살아가자고 결심했습니다.

야시로 씨에게 버려졌어도 연극의 길을 걷고 싶은 마음은 있었지만, 고모부의 원조를 잃은 이상 생활비를 벌어야만 했습니다.

고모부와는 결별했지만, 지금까지 받은 금전적인 원조는 갚을 생각이었고요.

저는 연극부 선배에게 부탁해서 작은 무역회사에 취직할 수 있었습니다. 지금이라면 졸업 직전에 구직 활동을 하는 건 상상할 수 없는 일이겠지만, 일본의 경기가 좋았던 시대였기 때문에 취직이 안 돼서 고생하는 일은 없었습니다.

하지만 당시의 저는 실의의 밑바닥에 있었습니다.

모든 걸 잃었다, 이제 내게는 아무런 희망도 꿈도 없다—그런 기분이었습니다. 이런 말을 하면 지금의 젊은이들한테서 무슨 속 편한 소리를 하는 거냐는 말을 들을 것 같네요. 지금은 일류 대학을 졸업해도 좀처럼 취직할 곳이 없는 시대인 것 같더군요. 신문에서 읽었는데, 20대들의 절반 가까이가 비정규직이라고 합니다. 하지만 저는 현대의 젊은이가 아니니까요. 그들과 비교해서 제가 행복했다고는 생각하지 않습니다. 제가 살았던 시대와 다른 시대 사람의 인생을 비교하는 게 무슨 의미가 있는지 모르겠고, 그럴 이유도 없고요.

저는 제 인생이 끝났다고 생각하고 있었습니다. 실제로 파멸을 향해 나아가고 있었지요. 생각해보면 미야와키가 돈을 가지고 도망간 날부터, 인생의 톱니바퀴가 어긋나기 시작했습니다.

그리고 드디어 진정한 비극이 찾아왔습니다—.

저는 지금도 그 악몽에 시달리고 있습니다. 그날의 일이 가끔 뇌리에 떠올라, 저를 동요하게 합니다.

그날—그래요, 우리 두 사람의 결혼식 날 말입니다. 그날, 당신이 식장에 나타나지 않음으로써 제 인생은 바뀌었습니다. 만일 당신이 와주었다면 저는 지금처럼 살고 있지는 않았겠지요.

결혼식 시간이 되어도 당신이 오지 않아서 식장이 소란스러웠던 것은 말씀드렸지요. 다만 저는 그 혼란 속에서 다카오가 없다는 걸 눈치챘습니다. 참석할 예정이었던 친구들 중에서 모습을 보이지 않은 사람은 그 친구뿐이었어요.

다카오와 당신이 옛날에 사귀었던 건 알고 있었습니다. 하지만 저와 사귀고 나서는 헤어졌을 거라고 생각하고 있었습니다. 그런데 그렇지 않았던 거지요.

미안합니다. 당신에게 따질 생각은 없어요. 이건 저 자신의 인생에 대한 불만입니다. 사라진 시간은 영원히 되찾을 수 없어요. 어느새 저도 50대 중반에 가까워지니, 그 사실을 정말로 절실하게 느낍니다.

다만 지난 30년 동안, 그 일이 줄곧 마음에 걸렸어요.

제가 정말로 꿈꾸었던 것은 당신과의 삶입니다. 만일 당신과 결혼했다면 지금쯤은 당신과, 그리고 우리 두 사람 사이의 아이들과 함께 즐겁게 살고 있었겠지요. 어쩌면 손자도 있을지 모르겠네요. 만일 당신과 결혼했다면 전혀 다른 인생을 걷고 있었을 것은 틀림없습니다. 적어도 지금 같은 처지는 되지 않았을 거예요.

인생이란 정말 뜻대로 되지 않는 법이라는 생각이 듭니다.

가즈마

17

メッセージ

미즈타니 님

저와 다카오 씨의 사이를 의심하시는 것 같은데, 그건 오해예요.

분명히 그날, 저는 다카오 씨와 함께 있었어요.

하지만 미즈타니 씨가 생각하는 그런 이유 때문은 아니랍니다.

다카오 씨와는 연인도 무엇도 아니에요.

다만 이제 와서 그 이야기를 하고 싶지는 않네요.

미호코

18 メッセージ

미호코 님

저는 아직 당신 입으로 그 이유를 듣지 못했습니다.

당신은 다카오의 연인이 아니라고 했지만, 육체관계까지 있었는데 그런 말을 하십니까?

그건 졸업이 얼마 남지 않은 2월 말의 일이었습니다. 잊을 수도 없어요. 당신과는 제가 졸업한 해의 5월에 결혼하기로 되어 있었습니다.

저는 이미 연극부에서 은퇴했지만, 오랜만에 연극부 연습을 들여다보았습니다. 일요일이었기 때문에 당신은 평소처럼 자원봉사를 가느라 연습을 쉬었지요.

저는 후배들의 연습을 본 뒤, 그들을 데리고 식사를 하러 갔습니다. 후배들이 2차를 가자고 했지만, 저는 다음날 회사 행사가 예정되어 있었기 때문에 먼저 돌아왔습니다. 그때, 당신과 같은 2학년의 세야마 에미 씨도 집에 가겠다고 해서 지하철까지 둘이서 걸어갔지요.

역에 도착했을 때, 세야마 씨가 "부장님, 얘기하고 싶은 게 좀 있는데 시간 괜찮으세요?"라고 말했습니다. 저는 은퇴한 후에도 부장님이라고 불렸거든요. 연극부의 일로 상의하고 싶은 게 있는 건가 싶어서, 그녀와 가까운 찻집에 들어갔습니다.

하지만 세야마 씨의 이야기는 연극부에 관한 상담이 아니었습니다. 그녀는 처음에는 말하기 어려워하는 것 같았지만 이윽고 결심을 한 것처럼, 당신이 다카오와 사귀고 있다고 말했습니다. 저는 일소에 부쳤지요. 다카오와 당신은 같은 고등학교의 연극부 출신으로, 입부했을 때부터 사이가 좋았던 것을 알고 있었기 때문입니다. 그래서 그렇게 말했더니 세야마 씨는 "두 사람은 단순한 동급생 사이가 아니에요"라고 강한 어투로 말했습니다.

저도 조금 발끈해서 "증거는 있냐"라고 물었지요. 그녀는 "둘이 호텔에 들어간 걸 본 사람이 있다"라고 했습니다. 하지만 제가 그게 누군지 물어도 대답해주지 않았습니다. 다만 두 사람이 보통 사이가 아닌 건 틀림없다고, 몇 번이나 못 박듯이 말했어요.

"저는 미즈타니 부장님을 좋아하니까 잠자코 있을 수 없었어요."

세야마 씨는 거짓말을 해서 다른 사람을 함정에 빠뜨릴 사람은 아닙니다.

연기도 서툴러서 좀처럼 본바탕을 버릴 수 없는 타입이지요. 반대로 말하자면 거짓말이 서툰 사람입니다.

"그럼 다른 얘기를 할게요."

그녀는 화제를 바꾸었습니다.

"전에 고야마 씨가 오디션에 오지 못해서 다시로 씨가 대역을 했을 때가 있었지요."

"물론 기억해."

"그날, 고야마 씨가 오디션 시작 시간을 잘못 전달받았던 건 아세요?"

"본인이 그렇게 말했다는 건 들은 적이 있지."

"그건 사실이에요. 부원 중 누군가가 시간을 일부러 다르게 가르쳐준 거예요. 그래서 고야마 씨가 못 오는 바람에—."

"그런 건 상관없어."

저는 그녀의 이야기를 가로막았습니다.

"여러 가지 거짓말이 오가고 있는 건 알지만, 진실은 알 수 없지. 게다가 다시로 씨가 주연을 맡아서 연극은 대성공했고."

세야마 씨는 입을 다물었습니다.

하지만 헤어질 때,

"다시로 씨는 좋은 사람은 아닌—것 같아요."

라고 말했습니다.

'것 같다'라는 말은 허둥지둥 덧붙인 것입니다. 아무래도 상관없는 일이지만, 그런 게 묘하게 기억에 남아 있네요. 그녀의 말을 믿은 건 아니지만, 필사적으로 무언가를 전하려고 하는 건 느껴졌습니다.

세야마 씨와 헤어진 뒤, 과연 그녀가 한 말이 사실일까 하고 고민했습니다. 하지만 조사할 방법은 없었지요. 당신에게 직접 물어볼 수도 없고요.

그래서 저는 다음 주 일요일, 당신의 뒤를 밟았습니다. 그러기 위해서 일부러 코트와 모자와 안경을 샀어요.

그날, 당신은 요코하마의 양로원에 자원봉사를 하러 간다고 했습니다. 그건 전날 당신한테 전화를 해서 확인하기도 했어요. 거짓말 같아 보이지는 않았고, 설마 자원봉사를 구실로 다카오와 만나고 있을 거라고는 생각하지 않았습니다. 다카오가 주말 연습에는 대개 얼굴을 내밀곤 했기 때문입니다.

그러니 제가 당신의 뒤를 밟을 이유는, 사실은 없었습니다. 다만 뭔가 하지 않으면 불안해서 견딜 수가 없었어요. 한 가지 신경 쓰이는 부분도 있었습니다. 당신이 자원봉사를 하고 있다는 걸 가르쳐준 사람이 다카오였다는 것이지요. 분명, 그의 할아버지가 계시는 양로원에 당신이 봉사를 하러 온 걸 우연히 보았다고 했습니다.

당신은 오후에 아파트를 나갔습니다. 저는 20미터쯤 뒤에서 당신을 계속 쫓아갔어요.

당신은 시부야에서 요코하마행 전철을 탔습니다. 저는 같은 칸에 타서 당신을 보고 있었습니다. 당신은 평소처럼 수수한 옷차림을 하고 있었지요.

당신은 요코하마역에서 갈아탔습니다. 저도 같은 전철을 탔어요. 당신은 사쿠라기초역에서 내려서, 그대로 남쪽으로 걸어갔습니다.

저는 그 뒤를 걸으면서, 점점 자기혐오에 빠져들었습니다. 좋아하는 연극 연습도 쉬고 휴일을 이용해 노인들을 위해서 자원봉사를 하러 가는 당신을, 증거도 무엇도 없는 험담 때문에 의심하고, 뱀처럼 뒤를 밟고 있는 자신이 견딜 수 없이 싫어졌습니다. 세야마 에미에 대한 분노까지 치솟았습니다. 차라리 당신에게 다가가서 말을 걸까 하는 생각을 했을 정도입니다. 그때, 그렇게 했다면 어땠을까, 자주 상상하곤 합니다. 그랬다면 그 후의 인생은 전혀 다른 것이 되었을지도 모릅니다.

미행 같은 건 그만두고 돌아가자—그렇게 결심했을 때, 당신이 어느 건물로 들어가는 게 보였습니다. 저는 몇 분 동안 기다렸다가, 당신이 들어간 건물 앞으로 갔습니다. 그곳은 아무래도 건물의 뒷문이나 출입문인 것 같았습니다.

저는 들어가지 않고, 건물 정면으로 돌아갔습니다. 거기에는 요즘 말하는 '소프랜드'의 간판이 있었습니다.

죄송합니다.

지금은 여기까지밖에 못 쓰겠네요. 이다음을 쓸 용기가 날지 안 날지는 알 수가 없어서, 큰맘 먹고 보내기 버튼을 누르도록 하겠습니다.

미즈타니 가즈마

19 メッセージ

미즈타니 님

그렇군요. 미즈타니 씨는 그 일을 알고 계셨군요.

놀랐어요. 설마 미즈타니 씨가 알고 계셨을 거라고는 한 번도 생각하지 않았거든요.

30년 만에 처음으로 말씀하셨네요.

그럼 이제 와서 제가 뭘 숨겨도 소용없겠군요.

숨김없이 말씀드리도록 할게요.

저는 유복한 여대생이 아니었어요.

제가 고3이 되었을 때, 아버지가 지나치게 사업을 확장하다 실패해서 회사는 도산하고, 저희 집은 파산했죠.

그때까지 살던 넓은 집에서 작은 아파트로 이사한 것도 충격이었지만, 그보다 더 슬펐던 건 대학 진학을 포기해야 한다는 사실이었어요.

저는 공부를 잘했기 때문에 주위에서 아깝다고들 했지만, 어떻게 할 수도 없었어요.

원래 유복한 집에서 자라서 어릴 때부터 대학에 가는 건 당연하다고 생각하고 있었던 만큼, 그 길이 닫힌 건 충격이었죠.

그때 동급생이자 같은 연극부의 차장이었던 다카오가, 제게 아르바이트를 하지 않겠느냐고 말했어요.

그건 소프랜드에서 일하는 것이었답니다.

사실은 다카오네 집은 소프랜드를 경영하고 있었거든요.

그 무렵에는 소프랜드가 아니라 터키탕이라고 했었는데, 그 이름은 터키라는 나라에 결례라고 해서 이름을 바꾸자는 얘기가 나왔었죠.

소프랜드라는 명칭으로 바뀐 건 그보다 조금 뒤였지만, 세상 사람들은 한동안 그곳을 터키탕이라고 불렸던 것 같네요.

다카오는 입이 험한 동급생 남자애들한테 '터키 다카오'라는 별명으로 불렸어요.

이렇게 말하는 건 실례일지도 모르지만, 다카오는 그런 장사를 하는 집의 아들인데도 공부를 굉장히 잘하는 우등생이었죠.

반에서 늘 저와 다카오가 시험 성적으로 1, 2등을 다투곤 했고, 둘 다 학급위원을 맡고 있었어요.

다만 다카오는 어딘가 불결한 느낌이 드는 사람이었답니다.

여자와 놀러 다닌다는 소문이 있었고, 여자애들 사이에서는 '기분 나쁘다'는 말도 듣곤 했어요.

하지만 연극을 좋아했고, 동아리 활동도 성실하게 하고 있었어요. 차장으로서 저를 지탱해주곤 했죠.

다카오는 제게 사귀어달라고 집요하게 말하곤 했지

만, 저는 계속 거절해왔어요.

상대가 다카오라서가 아니라 이성에 대해서 소극적이었기 때문이에요.

물론, 이라고 말씀드리는 것도 이상하지만, 저는 처녀였어요.

그 무렵에는 고등학생 때 섹스를 경험하는 쪽이 압도적으로 소수였죠. 게다가 제가 다니던 학교는 명문고였기 때문에, 그런 방면으로 열려 있는 여자애는 좀처럼 없었고요.

저도 그때까지 사귄 이성은 없었고, 키스조차 한 적이 없었답니다.

여름방학이 되기 조금 전에 다카오가 절 학교 안뜰로 불러냈어요.

"다시로, 너 졸업하면 어떡할 거야?"

갑자기 그렇게 물어서, 저는 조금 동요했어요.

"취직할 거야."

"어디에?"

"아직 모르지만, 시청에서 일할까 생각하고 있어."

"너라면 시험은 붙을 것 같지만…… 그래도 화가 난다."

"뭐가?"

"너라면 일류대에도 갈 수 있어. 너보다 훨씬 성적이 안 좋은 놈들도 대학에 가는데, 네가 대학에 못 간다는 건 불합리해."

다카오는 화난 듯이 말했어요.

저는 처음으로 다카오에게 약간 호감을 가졌죠.

"하지만 어쩔 수 없잖아."

"우리 가게에서 일하면 대학 학비 정도는 쉽게 벌 수 있어."

저는 처음에 다카오가 농담을 하는 거라고 생각했어요. 하지만 그는 진심이었죠.

다카오는 터키탕에서 하는 일을 설명해주었어요. 마사지나 지압이랑 비슷한 일이라고 하더군요. 단순한 서비스업이라고요.

물론 그것만이 아니라는 건 알고 있었어요.

그는 제가 화장을 하면 제일 큰 인기를 얻을 수 있을 정도의 미인이 될 거라고 역설했어요. 너는 네가 얼마나 아름다운지 모른다고도 했고요.

저는 학교 안뜰에서 고등학생인 남녀가 이런 이야기를 하는 건 정말 이상한 상황이라고 생각하면서, 다카오의 이야기에 귀를 기울이고 있었어요.

그날 집에 돌아가서 다시 그 일을 생각했죠. 이불 속에 들어가서도 줄곧 그 생각을 하고 있었어요.

다음 날, 다카오에게 터키탕에서 일하겠다고 말했어요. 다카오는 징그러운 웃음을 띠더군요.

그 주 일요일, 다카오와 함께 면접을 보러 갔어요.

하지만 정말로 거기에서 일하겠다고 결심했던 건 아니었어요.

조금이라도 싫다고 생각되면 거절할 생각이었어요. 어쩌면 터키탕에서 돈을 번다는 유혹을 끊어내고 싶어서 면접을 보러 간 건지도 모르죠.

아무리 돈을 많이 받아도 그런 곳에서는 일하고 싶지 않다는 생각이 들면, 전부 후련해질 테니까요. 대학에 대한 미련도 없어질 테고요.

면접을 한 사람은 점장이었어요.

뚱뚱한 중년 남자였는데, 옷차림은 깔끔했지만 콧수염을 기르고 선글라스를 쓴 모습은 아무리 봐도 직장인으로는 보이지 않았어요. 그 첫인상에 오싹했던 게 기억나네요.

점장 앞에서, 다카오가 제 상황을 설명했어요. 집이

파산해서 대학에 진학할 수 없게 되었기 때문에 학비를 벌고 싶어 한다는 이야기를 하더군요.

점장은 제 얼굴을 보면서 묵묵히 그 이야기를 듣고 있었어요.

그러고 나서 잠시 생각에 잠기더니, 조용한 목소리로 제게 말했어요.

"넌 처녀니?"

"네."

점장은 작게 고개를 끄덕이더군요.

"여기는 너 같은 순수한 여자애가 올 곳이 아니야. 분명히 돈은 벌 수 있지만, 잃는 것도 있지."

"잃는 건 뭔가요?"

하고 저는 물었어요.

"정직하고 싶다는 기분."

점장의 말뜻을 이해할 수 없었어요.

"그러니까 미래의 남편에게, 과거에 대해서 거짓말

을 하게 될지도 모른다는 뜻이야."

저에게 결혼이란 아득히 먼 미래의 이야기처럼 느껴졌지만, 그런 말을 들으니 여러 가지를 생각하게 되더라고요.

"여기는 인생에서 진짜 각오를 다진 사람이 일하는 곳이야. 일시적인 감정으로 올 곳이 못 돼."

그러고 나서 점장은, "어쨌든 오늘은 그만 돌아가라" 하고 말했어요.

설마 그런 말을 들으리라고 생각하지 않았던 저는 놀랐죠.

제가 의자에서 일어서자, 점장은 싱긋 웃으며 "너의 밝은 미래를 기도하마" 하고 말했어요.

"몇 년쯤 지나서, 네가 그래도 이 일을 해보고 싶다고 한다면…… 널 위해서 뭘 할 수 있을지 생각해보마."

그 말은 제 가슴에 깊이 꽂혔어요. 나중에 알았지만,

그게 점장의 수법이었죠.

저는 다카오를 남겨두고 혼자 가게를 나와서, 근처 찻집에 들어갔어요.

거기에서 한 시간쯤 생각하다가 다시 가게로 돌아갔죠.

다카오는 이미 집에 가고 없었어요. 저는 점장에게 "여기서 일하고 싶다"라고 말했어요.

그날, 저는 점장과 섹스를 하고, 여러 가지 서비스 방법을 배웠죠.

이렇게 해서 저는 주말마다 다카오네 아버지가 경영하는 터키탕에서 일하게 되었어요.

비밀을 공유한 다카오와 육체관계를 갖게 된 건, 그 후 얼마 지나지 않아서였어요.

미즈타니 씨한테는 충격을 주게 될지도 모르겠지만, 저는 다카오와 사귀고 나서 그의 친구들과도 육체관계를 맺곤 했어요. 때로는 여러 명이서 같이 플레이를 한 적도 있고요.

이런 이야기는, 결벽한 미즈타니 씨는 생각할 수도 없겠죠. 지금의 저도 믿을 수 없는 기분이에요. 하지만 터키탕을 체험하면, 그런 건 아무것도 아닌 것처럼 느껴진답니다.

가게에서는 이름을 바꾸고, 스무 살이라고 말하기로 했어요. 저는 일할 때는 다시로 미호코라는 인격을 완전히 지우곤 했죠.

부모님한테는 다카오의 여동생에게 과외를 해주고 있다고 거짓말을 했어요. 부모님은 물론 다카오네 아버지가 무슨 일을 하는지는 몰랐어요.

일은 일주일에 이틀밖에 하지 않았지만, 가을에는 꽤 많은 돈이 모였어요. 이대로 계속하다 보면 대학에도 진학할 수 있을 것 같았죠.

그래서 부모님한테는 아르바이트를 하면서 대학에 가겠다고 하고, 진학을 허락받았어요.

부모님은 어쩌면 제가 무슨 일을 하는지 알고 있었을지도 모르지만, 아무 말도 하지 않았어요.

아버지는 파산하고 나서 얼간이처럼 되어버렸고, 어머니는 파트타임 일이나 부업을 하면서 아침부터 밤까지 일했어요. 중학생인 남동생은 불량학생이 되어서 밤마다 늦게까지 놀러 다녔고요. 파산하고 나서는 가족이 서로 관심을 갖지 않게 되어서, 뿔뿔이 흩어져버린 거예요.

터키탕 덕분에 저는 대학에 갈 수 있었어요. 다카오와 같은 대학에 들어간 건 우연이었고요. 다카오가 어땠는지는 모르지만, 저는 그와 같은 대학에 가고 싶다는 마음이 없었거든요.

입학하고 나서도 일은 계속했어요. 그러지 않으면 대학 학비나 생활비를 벌 수 없었으니까요.

한편으로 대학 생활, 연극부에서의 동아리 활동도 즐겼죠.

대학에 들어가고 나서는 집을 나와서 도쿄 시내에 아파트를 얻고, 혼자 살기 시작했어요.

이런 이야기를 듣고 많이 놀라셨을 것 같네요.

하지만 저는 제 직업을 부끄럽게 생각하지는 않아요.

부모님한테 용돈을 듬뿍 받으면서 대학에 다닐 수 있는 우아한 신분은 아니었으니까요.

저는 대학을 다니고 싶었고, 연극도 하고 싶었어요.

가끔은 새 원피스도 사고 싶었고, 1년에 몇 번은 미용실에도 가고 싶었어요.

'몸을 판다'는 의식은 없었어요.

그건 단순한 육체노동이에요.

다카오가 말한 것처럼, 마사지나 지압이랑 똑같아요.

섹스라고도 생각하지 않았어요.

그래서 미즈타니 씨와 사귀게 되고 나서도, 미즈타니 씨한테 미안함은 느끼지 않았어요.

미즈타니 씨와의 섹스와, 가게에서의 행위는 전혀 다른 것이었으니까요.

제 직업을 미즈타니 씨에게 설명해야 한다고는 생각하지 않았어요.

그건 쓸데없는 충돌을 낳을 뿐이니까요.

다만 미즈타니 씨와 사귀게 되고 나서, 다카오에게 안길 때만은 조금 미안하다고 생각할 때가 있었어요.

다카오와의 관계는 대학에 들어가고 나서도 계속 이어지고 있었어요.

하지만 그건 단순히 몸의 관계뿐이었어요. 거기에

사랑은 없었죠.

미즈타니 씨와 나눈 섹스는 달라요. 그건 사랑의 행위였어요. 저는 당신을 사랑했으니까요.

미호코

メッセージ 20

미호코 님

당신의 성실한 답신에 감사드립니다.

당신은 옛날부터 거짓말은 하지 않았지요. 진실을 말하지 않은 때는 있었을지도 모르지만, 제가 아는 한 거짓말을 한 적은 없었습니다. 만일 당시, 제가 당신에게 물어보았다면 당신은 솔직하게 모든 걸 이야기해주었겠지요.

하지만 저는 당신에게 물어보지 않았어요. 이유야 어찌 되었든, 당신의 행위는 물어보지 않아도 알고 있었으니까요.

다시 말해서 제가 결정해야 하는 건 당신을 받아들이느냐 마느냐 하는 것이었습니다. 그리고 생각한 끝에, 당신을 용서하기로 했던 거지요.

미즈타니 가즈마

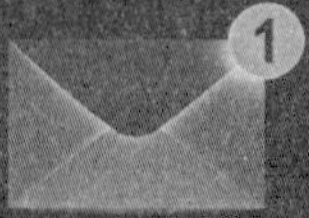

12 メッセージ

미즈타니 님

용서한다는 말은, 몹시 불쾌하네요.

제가 미즈타니 씨에게 용서받아야 할 일을 했던가요? 제 몸이 미즈타니 씨의 것인가요?

미즈타니 씨가 용서하겠다고 말하면 제가 기뻐할 거라고 생각하셨어요?

그보다, 제가 터키탕에서 일하는 걸 알면서도 그걸 제게 말하지 않은 채 저와 사귀고 있었다는 걸 알고 놀랐어요. 솔직히 말하면 믿을 수가 없네요.

미즈타니 씨가 그 일을 알고 있는 걸 알았다면, 미즈타니 씨와는 헤어졌을 거예요.

부끄러워서가 아니에요.

그 일을 알고 있으면서도 모르는 척하면서 저와 사귀는 남자가 기분 나쁘게 여겨지기 때문이죠.

미즈타니 씨가 저한테 따지셨다면 저도 화를 내며 말다툼을 벌였겠지만, 그래도 정상적인 남자라면 당연히 따졌을 거예요.

그러지 않고, 제 행위를 보고도 못 본 척하는 남자는 제 이해의 범주를 뛰어넘네요.

지금도 미즈타니 씨를 이해할 수가 없어요.

미호코

メッセージ 22

미호코 님

용서해주시기 바랍니다. 말실수를 했어요. 용서한다는 건 불손한 말이었습니다.

다만 제가 정말로 고민하고 괴로워했던 것만은 이해해주십시오.

정조란 대체 무엇일까 진지하게 생각했습니다. 일반적인 사회에서, 인간은 왜 일부일처제를 유지하는 걸까 생각도 했고요.

동물행동학이나 문화인류학 책도 읽었습니다. 그렇게 해서 얻은 결론은, 당신의 행위는 사랑에 있어서 별로 중요한 것이 아니라는 것입니다. 지나치게 섣부른 결론일까요? 물론 그 결론에 이르기까지는 여러 가지 생각을 했습니다.

확실하게 말하자면 당신의 행위는 바람은 아니라는 사실입니다. 만일 당신이 저 이외의 다른 누군가를 사랑해서 섹스를 했다면, 저는 용서하지 않았겠지요. 하지만 당신은 그걸 '직업'으로 했으니까요. 옛날에는 매춘이 고귀한 직업이었다는 말을 들은 적이 있습니다.

에도 시대에는 기녀를 낙적시켜서 아내로 삼은 무사나 부유한 상인이 얼마든지 있었다고 하지요. 전쟁 중에 위안부에게 반해서 결혼한 병사도 있었다고 합니다. 알프레드의 사랑을 받은 춘희도 고급 창부였고요. 그러고 보니 라스콜리니코프도 매춘부 소냐를 사랑했지요. 고등학생 시절에 『죄와 벌』을 읽었을 때, 제가 소냐를 사랑했던 게 떠올랐습니다.

그런 생각을 하고 있자니, 당신이 소프랜드에서 일하는 것 정도는 아무것도 아니라는 생각이 들었습니다. 유코의 배신과는 전혀 다르니까요.

저는 섹스라는 걸 좀 지나치게 무겁게 생각하고 있었나 봅니다. 어쩌면 그건 낡은 가치관에 얽매인 고색창연한 것이었을지도 모르지요.

다만 가장 충격을 받은 건, 일부 남자 부원들도 당신이 소프랜드에서 일하는 것을 알고 있었다는 겁니다. 아니, 그뿐만 아니라 그들 중 다수는 실제로 소프랜드에서 당신과 섹스를 했었지요. 미야와키도 그중 한 사람이었습니다. 야시로 고조 씨도 당신의 손님이었고, 몇 번이나 가게에 들락거렸다는 걸 알았을 때는 완전히 인간 불신에 빠졌습니다.

하지만 무엇보다도 큰 불신감을 품었던 것은, 여자라는 존재에 대해서, 입니다.

그 후의 제 불행은 당신이 원인이 아니었나 하는 기분이 듭니다.

전에 사람이 너무 큰 스트레스를 계속해서 받으면 정신의 테두리가 느슨해진다는 이야기를 했던 것 같은데요. 여러 억제력이 발휘되지 않게 된다는 이야기도요—.

저는 유코와 당신 때문에 큰 타격을 받았던 것입니다. 겨우 반년 사이에 사랑하는 여자의 생각지도 못했던 모습을 보고, 어른 여자라는 존재를 믿을 수 없게 되었습니다. 아니, 그 이전에 정신의 균형을 잡지 않으면 스스로가 무너져버릴 것 같았습니다.

오늘날 제가 불행해진 원인은 전부 유코와 미호코에게 있다고 한다면, 지나친 말일까요—.

미즈타니 가즈마

メッセージ 23

미즈타니 가즈마 씨

지나친 말이라기보다, 자기기만과 변명일 뿐이라고 생각해요.

제 남자관계가 미즈타니 씨의 인생에 영향을 주었다는 뜻인가요?

아니면 자신의 비극이 제 탓이라고 말하기라도 하시려는 건가요?

아니, 과연 당신의 인생을 비극이라고 불러도 될까요?

진짜 비극이라고 해야 할 인생은, 본의 아니게 당신과 관련되었던 사람들 쪽이 아닐까요?

분명하게 말씀드리지요. 미즈타니 씨의 행위는 누구의 탓도 아니에요.

유코 씨와도 상관없고, 저도 다카오도, 미즈타니 씨

가 한 일과 아무런 상관도 없어요.

아니면 미즈타니 씨는 그런 결론을 말하고 싶어서 제게 메시지를 보내신 건가요?

더 이상 그런 이야기를 들어드리고 싶지는 않네요.

제가 결혼식에 나타나지 않았던 데에, 분명히 다카오가 얽혀 있기는 하지만 그건 간접적인 이유였어요.

결혼식 전날, 미즈타니 씨는 제 아파트로 전화를 해서 "잔업으로 늦어질 거라 식사는 할 수 없게 되었어. 내 아파트에서 기다려줘"라고 말씀하셨죠.

미즈타니 씨는 전에 유코 씨의 일기를 발견했을 때 '불행의 신이 나를 이끌었다'고 하셨어요.

어쩌면 그 '불행의 신'은 정말로 존재했는지도 모르겠네요.

그날 밤, 미즈타니 씨의 방에도 그 '불행의 신'이 있었으니까요.

제가 미즈타니 씨의 책상 서랍을 연 이유는, 지금은 전혀 생각이 나지 않아요.

무언가를 찾을 목적이 있었던 건 아니에요.

'불행의 신'이 부추겼다고 생각하는 게 오히려 자연스럽지 않을까 싶네요.

어쨌든 저는 열어서는 안 되는 서랍을 열고 만 거예요.

그리고 미즈타니 씨가 옛날에 고모부의 서랍에서 무서운 금고를 발견한 것처럼, 저도 미즈타니 씨의 서랍에서 보아선 안 될 것을 보고 말았죠.

그게 뭔지는 당신도 아실 거예요.

보통 같으면 그 작은 머리핀은 별로 눈에 들어오지도 않았을 거예요.

제가 그걸 눈여겨본 건, 저희 집이 파산한 뒤에 어머니가 한동안 머리핀 만드는 부업을 했었기 때문이었어요.

그때까지 한 번도 일해본 적이 없었던 어머니는 매일 한숨을 쉬면서 집으로 온 재료로 머리핀을 만들곤 했어요. 그건 제게 가슴이 먹먹해지는 광경이었죠.

그 후로 저는 머리핀을 보면 그 무렵의 광경이 뇌리에 되살아난답니다.

길을 걷고 있어도 여자의 머리핀에 왠지 시선이 가고 마는 거예요. 친구의 머리카락에 머리핀이 꽂혀 있으면, 보고 싶지도 않은데 무심코 자세히 들여다보게 되어요.

이때도 그랬어요.

미즈타니 씨의 서랍에 있던 머리핀을 가만히 보고 있다가, 어디에선가 이 머리핀을 본 적이 있다는 생각이 들더군요.

눈을 감고 기억을 뒤져보았어요.

그리고 어디에서 본 건지 생각이 났죠.

파출소 앞 게시판에 붙어 있던 포스터에서였어요.

반년 전에 행방불명된 어린 여자아이의 머리카락에 달려 있던 거였죠.

저는 그 머리핀을 가방에 넣고, 아파트를 나와서 지하철역 앞에 있던 파출소로 갔어요.

11시가 넘은 시각이었지만, 아직 사람들이 다니고 있더군요.

저는 게시판에 붙어 있던 실종자 포스터 속 여자아이의 머리핀과, 가방 속에 있는 머리핀을 몇 번이나 번갈아 쳐다보았어요.

두 개의 머리핀이 어디가 다른지 필사적으로 찾으면서요. 제 착각이었으면 좋겠다고 기도했죠.

하지만 포스터 속에서 웃고 있는 천진한 여자아이의 머리에 달려 있던 머리핀은, 미즈타니 씨의 방에 있던 것과 완전히 똑같았어요.

나중에 알았는데, 그 머리핀은 그 아이의 어머니가 직접 만든 거였어요. 다시 말해서 이 세상에 하나밖에 없는 것이었죠.

저는 어떻게 해야 좋을지 알 수 없었어요. 미쳐버릴 것 같더군요.

이런 건 부모님한테도 상의할 수 없겠다고 생각했어요.

제가 전화한 사람은 다카오였어요. 그리고 찾아와 준 다카오와 찻집에 앉아서, 제가 본 걸 털어놓았어요.

처음에는 반신반의하던 다카오도 머리핀을 보여주고 설명했더니 사태의 심각성을 깨달은 것 같았어요.

그도 포스터의 사진과 똑같은 머리핀이라는 걸 확인하더니, 경찰에 가서 이야기해야 한다고 말했어요.

다만 그 전에 머리핀은 일단 원래 있던 곳에 갖다놓는 게 좋겠다고 하더군요.

저는 고민한 끝에 다카오가 말한 대로 하고, 그와 함께 경찰서에 갔어요.

그리고 이튿날 아침, 누구에게도 행선지를 말하지 않고, 물론 미즈타니 씨한테도 비밀로 하고 아파트를 떠난 거예요. 부모님한테도 아무 말도 하지 않고 도망쳤죠.

지금이라면 더 좋은 방법을 취할 수 있었을 거예요. 하지만 그때는 완전히 혼란에 빠져서 어떻게 해야 좋을지 알 수가 없었어요.

그 후에는 내내 간사이에서 숨을 죽이고 살았어요. 소프랜드에서 일을 하면서요.

반년 뒤, TV 뉴스를 보고 미즈타니 씨가 소녀 살인

혐의로 체포되었다는 걸 알았어요.

그 후의 보도로 미즈타니 씨한테는 과거에도 어린 여자아이에 대한 외설죄가 몇 건 있었다는 것도 알았고요. 저도 연극부원들도 미즈타니 씨에 대해서 아무것도 몰랐던 거예요.

더 놀랐던 건 미즈타니 씨한테 다른 소녀 살인사건의 혐의도 있었다는 건데, 그쪽은 증거불충분으로 불기소되었다고 들었어요.

하지만 지금 미즈타니 씨의 메시지를 다시 읽다가, 그 사건이 일어난 날이 미즈타니 씨가 유코 씨의 일기를 본 날로부터 사흘 뒤였다는 사실을 깨닫고 오싹해졌어요.

저는 대학으로 돌아가지 않았어요. 그대로 간사이에서 살다가 인연을 만나서 결혼을 했지만, 곧 이혼했죠.

그 후에 다시 한번 결혼과 이혼을 경험했지만, 지금

의 남편을 만나서 이제는 행복하게 살고 있어요.

대학을 그만둔 뒤에도 한동안은 미즈타니 씨가 머리에서 떠나지 않았지만, 시간이 지나니 이윽고 기억에서 멀어져서 요즘은 별로 떠올리는 일이 없게 되었고요.

2년 반쯤 전에 갑자기 미즈타니 씨한테서 메시지가 왔을 때는, 놀람과 동시에 공포를 느꼈어요.

무기징역이라고 들었는데, 30년 남짓 만에 가석방되어서 나오셨더군요. 복역 태도가 아주 좋으셨나 봐요.

처음에는 쭈뼛거리면서 메시지를 주고받았지만, 메시지를 읽다 보니 미즈타니 씨가 완전히 참된 인간으로 다시 태어났다는 생각이 들었어요.

하지만 그렇지 않았어요.

미즈타니 씨는 교도소 안에서 자신의 범죄가 다른 사람의 탓이라고 줄곧 생각하고 있었던 거네요. 오직 그 생각만 하면서 살아오신 거예요.

전에 미즈타니 씨는 미야와키 씨 이야기를 하면서, 태어날 때부터 범죄자인 사람은 존재하지 않는다고 생각한다고 하셨죠. 범죄에는 거기에 이르게 되는 이유가 있다. 결코 미야와키만 잘못한 게 아니다—라고요.

제게 많은 메시지를 보내신 것도, 그저 제게 그걸 인정받고 싶었기 때문이었어요. 만일 제가 인정하면, 미즈타니 씨는 마음의 평온을 되찾을 수 있을까요?

설령 그렇다고 해도, 저는 그걸 인정할 수는 없어요.

미즈타니 씨는 자신의 마음속에 줄곧 악마가 살고 있었다고 말씀하셨지요.

그건 아마 사실일 거예요. 하지만 그 악마를 끌어낸 건 미즈타니 씨 본인이에요. 다른 누구도 아니라고요!

유코 씨와도 저와도 아무 상관 없어요. 미즈타니 씨는 자신의 검은 욕망에 진 것뿐이니까요.

유코 씨 이름이 나왔으니, 마지막으로 한 가지만 더 말씀드릴게요.

요전번 메시지를 받고 나서, 알고 지내는 신문기자한테 부탁해서 하마다 유코 씨의 소식을 알아봐달라고 했어요. 유코 씨는 한 번 결혼하셨지만 이혼하셨더군요.

그 후에는 혼자서 살고 계셨던 모양인데, 작년 가을에 갑자기 수수께끼의 실종을 당했다는 걸 알았어요. 미즈타니 씨가 계정을 지우셨을 무렵이죠. 친족이 수색원도 냈다고 해요.

이 메시지를 보낸 뒤, 지금까지 미즈타니 씨와 주고받은 내용을 전부 프린트해서 경찰서로 갈 생각이에요.

그리고 페이스북은 닫을 거예요.

.

.

.

.

얼른 뒈져버려라, 변태 새끼!

. . . . .

옮긴이 **김소연**

경북 안동에서 태어났다. 한국외국어대학에서 프랑스어를 전공하고, 현재 출판 기획자 겸 번역자로 활동하고 있다. 옮긴 책으로는 『우부메의 여름』, 『망량의 상자』, 『웃는 이에몬』, 『엿보는 고헤이지』 등의 교고쿠 나쓰히코 작품들과 『음양사』, 『샤바케』, 미야베 미유키의 『마술은 속삭인다』, 『외딴집』, 『혼조 후카가와의 기이한 이야기』, 『괴이』, 『흔들리는 바위』, 『흑백』, 『안주』, 『그림자밟기』, 『미야베 미유키 에도 산책』, 『맏물이야기』, 덴도 아라타의 『영원의 아이』, 마쓰모토 세이초의 『짐승의 길』, 『구형의 황야』 등이 있으며 독특한 색깔의 일본 문학을 꾸준히 소개, 번역할 계획이다.

기묘한 러브레터

초판 1쇄 발행 2019년 8월 12일
초판 2쇄 발행 2019년 10월 10일
개정판 3쇄 발행 2021년 5월 20일

지은이 야도노 카호루
옮긴이 김소연
펴낸이 김선식

경영총괄 김은영
책임편집 김보람 **디자인** 문성미 **크로스교정** 조세현
콘텐츠사업2팀장 김정현 **콘텐츠사업2팀** 문성미, 박하빈, 김보람, 이상화
마케팅본부장 이주화 **마케팅3팀** 이미진, 박태준, 유영은
미디어홍보본부장 정명찬 **홍보팀** 안지혜, 김재선, 이소영, 김은지, 박재연, 오수미
뉴미디어팀 김선욱, 허지호, 염아라, 김혜원, 이수인, 임유나, 배한진, 석찬미
저작권팀 한승빈, 김재원
경영관리본부 허대우, 하미선, 박상민, 권송이, 김민아, 윤이경, 이소희, 이우철, 김재경, 최완규, 이지우, 김혜진

펴낸곳 다산북스 **출판등록** 2005년 12월 23일 제313-2005-00277호
주소 경기도 파주시 회동길 490
대표전화 02-704-1724 **팩스** 02-703-2219 **이메일** dasanbooks@dasanbooks.com
홈페이지 www.dasanbooks.com **블로그** blog.naver.com/dasan_books
종이 · 인쇄 · 제본 · 후가공 (주)갑우문화사

ISBN 979-11-306-3709-9 (03830)

• 책값은 뒤표지에 있습니다.
• 파본은 구입하신 서점에서 교환해드립니다.
• 이 책은 저작권법에 의하여 보호를 받는 저작물이므로 무단 전재와 복제를 금합니다.